愿你
道路漫长

FERVENTLY
WISH
YOUR JOURNEY
MAY BE
LONG

王锋 著

浙江出版联合集团
浙江文艺出版社

Preface

有灯火处就有力量 | 陈坤

人生路上，总会遇到一些突如其来的“对视”。

小时候在嘉陵江边长大，夏天喜欢在河里撒欢。一次扎完猛子冒出水面，看见一只不知名的鸟，就停在离我不过三十厘米的水草上，白顶红喙，双目幽黑。我呆住了。等我缓过神，它腾空飞起，消失在天际。那一刻，我知道了什么是远方。

2010年拍《龙门飞甲》，沙漠的戏份颇为吃重，整个人筋疲力尽，困顿不堪。某天傍晚收工，无意中一瞥，塞外狂沙无际、残阳如血，心里一动，猛然升起一个念头，想做一个好演员。

去年夏天，和志愿者去香格里拉行走，一行人攀上海拔四千二百米的那古崩顶。站在山脊上，四周雪山环绕，如在云中行走。突然，太阳猝不及防地刺透乌云，整个山谷光芒万丈，如被上苍加持。我伫立良久，看阳光照耀万物生灵，如同照亮心性。

之所以回忆起这几次“对视”的际遇，契机是不久前老友王锋寄来他的新书《愿你道路漫长》，请我写一篇序。我自认文字功底与修为未到，内心颇有不安。书中收集了王锋八年多来积累的文字，读至深处，我分明感觉到在和一双眼睛对视。

我一向认为，外表谦逊温和的人，内心大多坚定有力，王锋就是这样的人。我们平时来往不多，却是见面可以推心置腹的朋友。王锋是我内心敬重的人，我清楚地知道，他的才华与境界、他的纯粹与坚持、他对世事的觉察、对美的认知、对生命意义的探索、对人生质感的打磨。尤其令人尊重的是，他身处浮华乱眼的时尚行业，多年来却一直保持着清醒的洞察力，并潜移默化地影响着许多年轻人。

书中有一篇文字，王锋以同行者的身份讲述了他的团队、他所处的行业，但视线并未落在眼前的成败得失，而是关注那些年轻人的成长轨迹与内心修为。他以文字为天栈长渠，带着经验与善意，走进年轻人的内心世界，关注他们的脆弱、流血和疼痛，并且告诉他们：此行的收获，比你要抵达的地方更重要。

内心境界在山上的人，不会认为自己在山上，更不会用所谓的高姿态去俯视众生，他们更谦卑，更懂得低入尘埃，更有温度，更富有关怀与同理心。这是王锋文字给我的触动，某种程度上也像是我“身为同行者”的一番自白。作为他的朋友和读者，为拥有这份机缘而感恩，在与他“对视”中也照见自己的心念。

生命的意义，究其本真在于漫长道路中的内心修行。所有结伴同行中，意念良善的“对视”则是灯火，有灯火处就有力量。人与自然、人与人、人与自己内心，莫不如此。

更何况我一直认为，我们每个人都拥有一双凝视世界的眼睛，迟早会成为一盏灯火，守在某个关隘，等着帮助别人渡过此地，让他们有力量走向更漫长的道路。

行走的目的并非抵达，而是为了参悟漫长本身。从这个意义上讲，坚持行走的人，都是同行者，这也是你我的缘分所在。

愿我们道路漫长，笃定行走，不舍修行。

共事刚满一个月，王锋突然问：我能去你老家看看吗？

这真是个奇怪的请求。我以为这是他对新同事一种刻意的客套，或者偶然生发的一个有趣的想法。然而，这个询问，坚持了三年多。

我问他：为什么一直提这么一个奇怪的要求？

王锋回答：每次看你的文章，我就在想，怎么样一个地方，怎么样一群人，能捏成这么样一个你？

这就是王锋。这就是王锋看到的人，以及人和外界的关系。

他曾在文章里说，第一次见我的时候，感觉我看他的眼神就像穿着白大褂的医生，好像要把他看透。

他有种奇怪的、让人尊敬的超脱。无论身边的人内心如何翻滚，他总似乎超然地、冷静地感受着，然后再直截了当地告诉对方真相。每每和他对谈，都会有突然被他拽着脱离自己的肉身、自己的当下的感觉，飘浮在半空中，重新审视尘土里的自己，那么卑微又丰富，那么值得重视又不值得在乎。

他告诉我，只有完全理解我身上每一要素的来源，他才能引导出我内心真正的文章。他说，这世界上最有趣的，就是这些相互矛盾又浑然一体的人。

他确实是我最好的编辑。和他共事的五年，我找到了想探讨的人生命题、自己的文字方式。也就是在这个过程中，我开始写作我的第一本书《皮囊》。

我在艰难地扎根发芽，他在这过程中，越发天真而纯粹。看到我生发出的那些文字，总能开心得像个小孩在编辑部胡蹦乱跳，仿佛我的作品就是他的作品，甚至，仿佛我就是他的作品。

孤独、欲望、恐惧、爱……每个人的内心被那么多命题缠绕，皮囊滋长出的，际遇给予的，和他人的关系构成的……这些命题那么重要，又那么难解，需要我们花上一辈子去回答。

我们都是在努力和这些命题相处，并希望获得幸福的人。

《愿你道路漫长》这本书是我找王锋索要的礼物。王锋乐于当编辑，却吝于当写作者。这十几年来，他只愿每月写一篇文章，放在杂志的开篇，和素未谋面的读者们聊聊他内心的感受。

这些文字精致而饱满，被称为中国杂志最好的主编卷首语之一。他写作的那些时光里，其中五年，我和他曾并肩同行，他文章中的诸多感受，恰恰是与我、与同时期同行的人们共同的碰撞。在书里，我还读到了自己，读到了我缅怀的那段GQ时光，读到了我珍惜的那些人。

最终，王锋在我结婚后一周，实现了我们刚认识的时候他的请求：他在我老家住了一周左右，他走遍了我老家的青石巷，看尽了红砖墙，他认识了我小时候的玩伴、中学时候的同学老师，以及我们那个拥挤、嘈杂但温暖的大家族。

他在回去的路上给我发了条短信：感谢生命中有机会相互认识的一些人。

是的，我们需要相互参与对方的人生，因为，最好的生活本身是由一个个我们喜欢的人构成的。

谢谢王锋。

趣味和正见 | 冯唐

听说，唐宋的中国依稀在日本，明代的中国依稀在韩国，清代的中国依稀在香港，现在的中国在现在的中国。可是，我们现在的中国和旧时中国的关系是什么?

公元1279年，宋元最后一场有规模的战争发生在崖山边的海上。

张世杰早上还在弄茶给自己喝，多年的习惯了，一直用的建窑兔毫盏也成了清早双手触觉的必需。

赵佶说，盏色贵青黑，玉毫条达者为上。张世杰按从前圣上的标准找这只盏花了很多工夫，找到之后就没离过身边。

城没了，茶也就没得喝了，建盏会去哪里? 蒙古刀伸进舱门之前，陆秀夫背着赵昺跳了海。城破之后七日，海上十万浮尸。

后世文人评价崖山之战："崖山之后无中国"。

如今焚香、煮茶、赏花、挂画等等的中国都留在文人的行走天涯和字里行间了。

2009年9月，*GQ*简体中文版创刊，王锋开始写卷首语，直到今天。这七年里世间各种美好事物都在这本杂志里多多少少留下了影子，这些影子的魂儿飘扬在一篇篇卷首语里，这些卷首语如今结集在这本《愿你道路漫长》里。

王锋写下这些文章，给出一种趣味和正见，让当下千万人的日子更美好一点，是否也是一种大乘?

愿我们道路漫长。

目录

Contents

Part 1

莎士比亚在《麦克白》中说，生命的本质“只是行走的影子”。

所有的痛和罪恶都在行走的路上消解了，行走是我们完成疗治和救赎的过程。

Part 2

每个人都有自己的过往和记忆，
平时它们被锁闭和封存，
在时间漫长的流逝中经历着变形和磨损。

目

Contents

录

Part 3

似此星辰非昨夜，为谁风露立中宵。

一百年过后，多少新奇光鲜的科技成果和巍峨楼群都会黯淡，

但这层峦叠嶂的市声和人潮还在。

Part 4

有关青春、生长、命运和滋养这样一些最简单最基本的词语，
每个人生命中最初始的诗意，
是已经丧失、在随后的日子里被一再怀想的诗意。

目

Contents

录

Part 5

当你启程前往伊萨卡，

但愿你的道路漫长，

充满奇迹，

充满发现。

Part 1

莎士比亚在《麦克白》中说

生命的本质“只是行走的影子”

所有的痛和罪恶都在行走的路上消解了

行走是我们完成疗治和救赎的过程

FERVENTLY
WISH YOUR JOURNEY
MAY BE LONG

尘埃

W是我大学同学。毕业后没创业，也从没有在“单位”上过一天班，二十多年里唯一的工作，就是在城市周边租一块地，几亩、几十亩，鲜花好卖的时候种点儿花，花市行情不行就种蔬菜，日出而作日落而息，过着农夫的生活。流行音乐听到邓丽君王菲为止，电脑也是前两年刚学会开机，在近三十年中国社会变动最为剧烈的时代，W与这个社会自动脱节。

千万不要以为他就是一个只守着自己一亩三分地的城郊菜农。W的父母都是大学教授，家学深厚。在我们还抱着教科书干啃的时候，他已经是诗书漫溢出口成章；在我们刚刚知道雨果、巴尔扎克的时候，他已经完成了唐诗宋词世界名著的系统阅读。这些年被城市化扩展追得在城郊县四处迁徙，他每天的工作，就是蹲伏在田间菜棚，伺候那些萝卜青菜花花草草。最大的乐趣，就是潜心抚养从山头水边捡回来的十几只肥猫，还有就是每到一处，跟周边几个村子里留守的村姑村妇们互动……前两年同学会，多数人已经是大腹便便眼神黯淡的大叔，只有他精神抖擞面色红润还像个青年。

这些年，每次春节回家，我都会去他城郊的农舍看看，拍一些视频，积攒下来也有几十个小时，准备若干年后，做部纪录片在他追悼会上放。虽然他年龄比我们大，可现在看，我们都会走在他前面，最后他会以孤老的姿态殿后，先把我们一个个送入天国，也许是地狱。

今年回家见到一个真正的农民，四十多岁的远房堂弟。我从没见过他，第一眼还以为是我大伯。他这次过年来武汉，是想在省城托人，看能不能把当年退给村里的地要回来。二十多年前，堂弟带几个村里的小伙子一起去南方打工，建筑、印刷、机械、餐饮，什么都干过，后来成了一个包工头，带着十几个同乡，给建筑工地挑毛渣，虽然没挣到大钱，却也年年有结余。本以为这辈子再不会回农村了，当年离乡，为避交公粮，把分产到户的地退还给了队里。没想到，这几年房地产业不景气，房子盖得少了，找活儿越来越难，何况年纪大了，也干不动了。

不再被城市需要，更不被城市接纳，作为第一代进城打工的农民，堂弟已然被城市淘汰。可生活还要继续，两个儿子都在城里，娶媳妇儿还得他帮忙，不能闲着，只得回乡重新务农。一个农民回到农村，除了田地还能有什么呢？可当年还给队里的地早已经不属于他了，现今回到故土，惶然老无所依。

一年到头，我们辗转在北上广深的CBD，见到的人和事，基本都在另一套语系、另一个轨道。春节回家，算是一次脱轨，让我们看到那些平日少有交集的人和生活。

二十年前离开武汉的时候，Z是我部门的头儿，她有个漂亮女儿，瓷娃娃一样，整天跟在我后面屁颠屁颠地叫叔叔。后来瓷娃娃长大，去美国读书，回国后在著名的投行高盛做分析师。好多年没见，这次回家去看望老领导，才知道后面这些年的事。八年前，Z的丈夫得了肾衰竭，虽然命保住了，但从此大病缠身，每周都得去医院做透析，把全身血液抽出体外，清理一遍，再重新注入身体，这样的大工程一周三次，而且随时都有生命危险……为照顾丈夫，Z很早就从单位退休，前程似锦的女儿也从北京辞职回家，照顾爸爸。Z丈夫的病从那时起改变了一家三口的生活。“你自己的事业和生活怎么办？”我问Z的女儿。“现在想不了这么多。爸爸这样，没法丢下他。”她这样跟我说的时候，是一种冷静，已经想得很清楚之后的选择。我知道这远不是一句话，是日复一日年复一年的消磨和损耗。

坐那儿聊天，她们一直夸奖我现在的生活，羡慕我活得随性，自由自在，满世界跑，夸我年轻，脸上没有皱纹。有那么一刻，我也傻呵呵地自得，庆幸我的生活，没有遭遇这样的重压和拖累……可离开她们，在回程的车上，我突然有些不安，觉得自己刚才的侥幸心理好轻浮。在庆幸自己的生活没有被种种困难捆绑的时候，我面对的，是承担着亲人疾病重压的妻子和女儿，是两个为责任、为爱放弃了自己的自由和幸福的人，我怎么可以在她们面前得意于自己的侥幸？很多时候，生活的价值不取决于你得到什么，反而在于你的牺牲、付出和失去。回想起自己当时的嘴脸，觉得有些羞耻。

一个人衰老很容易，长大却很难，把自己养育成人是一辈子的辛苦工作。在一年一度的团圆家宴上，十四岁的小侄儿抱着吉他唱了一首歌儿：*Be a better man*。

……

Feel I'm getting old before my time

我在有生之年将老去

As my soul heals the shame

当我的灵魂不再感到羞愧

I will grow through this pain

我才能从阵痛中解脱成长

Lord I'm doing all I can to be a better man

上帝啊，我竭尽所能成为一个更好的男人

小侄儿闭目蹙眉，很投入，也不知道这首歌他究竟理解多少。小时候带他上街，穿过闹市，牵着我的手怕丢了不肯放松，好像还是前不久的事。除了唱歌儿，他还喜欢涂鸦，是学校艺术小组的成员。吃饭的时候问他：什么是艺术？他用英语说：Art is everything and art is nothing!（艺术是所有，艺术又什么都不是！）这个回答让我瞬间有些尴尬，不知道自己懂了没有。记得像他这么大的时候，我写过一篇作文，因被老师在全班表扬，心里暗爽了好几天，作文题目是《雷锋的微笑》——我跟他的差距，就像不是同一个物种。想到这些，对自己的人生很绝望。

过这个年，还有些消息让人恍惚：聚会中，得知已经有同学得病先去了——就死亡而言，四十多岁毕竟还太年轻；二十多年前跟我同时参加工作的女同事，漂亮又有才华，前几年刚刚做上当地报社总编，去年突然出家做尼姑，归隐南山；年初六下午，我家保姆出去买菜失踪了，她老公追过来才知道，保姆利用买菜的时间跟别的男人开房被他发现，吓得离家出走……

这些消息都会叫人听了愣一下。每个人一刀切下去，都可以看到这个社会这个时代的年轮。幸亏也就几天，年过完了。在南方，不经历一场雨雪，就不算过完一个整年。最初几天热闹过后，过年的虚妄感跟气温一起降下来，接着是南方阴湿的雨天。

初七回京。火车由南向北，穿行在阔大又细密的冷雨里：一个个静卧平原的村落，偶尔走在田埂地头的农人，村镇小路上骑着摩托飞驰的年轻男女，还有聚集在车站，背着大小行李奔走四方的乌泱泱的人群……人们又开始四处流散，重新面对自己庸常、繁难、不知所终的生活。林宥嘉在《感同身受》里唱："……我想说 / 每个人都差不多 / 不一样的血肉之躯，在痛苦快乐面前 / 我们都是平起平坐……"想想这个世界上有那么多不一样的人和生活，也让人觉得人生辽阔。

以前一直以为，雨是从天上落下来的水滴，后来看过一本叫《尘埃》的书，才知道，雨水的形成不是因为水，而是因为"尘埃"。科学家告诉我们，整个地表的上空，都悬浮着一层厚厚的尘埃，水蒸气凝结在这些飘浮于高处的尘埃上，形成雨滴，坠落下来，就是雨水。

想想那些“地表上空，悬浮着的厚厚的尘埃”：灰土、病毒、硅藻、真菌、花粉、纤维……人迹一样，包裹着这个星球。由于过于细微和庞大，你看不见它们，但这些飘浮于空中的尘埃，很多都是微小的生命，它们能分解动植物尸体，分解岩石，为土壤培育出各种养分，也能跟着随机的风和雨，传播孢子，生根发芽——这多像我们人类，科学家说，正如恐龙尸骸的尘埃依然飘荡在今天的空气里，我们人类也会是同样的结局——无论生前荣辱成败，我们的尸骸也终将成为土壤的一部分，因大自然的侵蚀而裸露，而游荡，在太阳系未来缓慢的死寂过程中，化为尘埃，吹拂过充满星辰的银河。

十四个Nobody

强烈的阶级意识是英国人奉献给人类社会的文化特产。英国人的阶级划分，与职业、身份关系不大，甚至也与钱无关，判断一个英国人社会阶层的方式微妙而怪异：你说话的口音、所用的词汇；你如何装饰、排列花园里的植物；星期天到了，你是自己洗车，还是开到洗车铺里；你吃什么不重要，重要的是你吃喝的地点、时间、方式以及和谁一起吃；喝茶加糖，哪怕只加一匙，都暴露了你所属阶层不高级；至于穿衣服，任何时尚的打扮都是低俗的标志，外表最好过时落伍，以表示你对如何着装根本不屑……

评判一个人所属的阶级，也是英国人喜欢干的事。1963年，社会学家洛克伍德发起一种“超阶级理论”，他认为，随着社会的发展和财富的增加，有一部分人能通过自身的奋斗或其他综合因素，从社会较低阶级脱离，身份蜕变，在生活方式、思想方法、言谈举止等方面，步入社会的高级阶级。

观点引起英国导演迈克·艾伯特的兴趣，他决定检验“超阶级理论”。1964年，他亲自选择来自社会不同阶层的十四个七岁的英国小孩，从当年开始，每隔七年，给这帮孩子拍一部纪录片。七岁，十四岁，二十一岁，二十八岁，三十五岁，四十二岁，四十九岁……最新一集完成于2012年，这帮孩子已经五十六岁。迈克·艾伯特想知道，这些起跑于不同阶级的孩子，长大后，是沿袭原有的阶级轨道，重复父辈的生活，还是有机会改变自己的阶级属性，产生突变，跻身于更高级的阶级。

约翰是上流社会的孩子，七岁时他已经开始阅读《观察家报》，端坐在沙发上畅谈自己的未来；安德鲁读的是《金融时报》，会用拉丁文唱歌，理想是读剑桥三一学院，毕业后做律师；而对平民出身的托尼来说，能做个“赛马骑手”就已经美梦成真了；十四人中唯一的非白人孩子，西蒙是印度移民的后代，没有能力规划自己的未来，你问他“怎么看待有钱人”，他回答“没想过”，也许他的生活中从没有出现过有钱人……迈克·艾伯特将镜头对准这些孩子：有的父辈是精英，就读高级寄读学校，有的则来自老工业重镇利物浦。三个女孩出身东伦敦的贫民区；还有的来自“儿童之家”，在没有父母的情况下长大；另一个来自农村山区……孩子们面对镜头，即使什么都不说，也彰显着“阶级”在他们身上烙刻的印记。

十四岁，二十一岁，二十八岁，三十五岁……没有什么比用半天时间，坐在家里的沙发上，看别人的人生一闪而过更让人开心了。七岁就看《金融时报》的安德鲁，读完私立贵族学校后果真考取了剑桥，如愿做了律师，在伦敦市郊有了自己的别墅，成了皇家法律顾问。可内尔的运气就没那么好，十四岁立志掌握政治权力创造财富，后来牛津没考上，读个普通大学还辍学，在苏格兰西部的荒野上游荡。二十八岁时，对于人生和理想，他说“不是我想做什么，而是能做什么”。等到四十二岁时参与地方政治，日常生活平淡忙碌，最后对着镜头说：“我没有什么可抱怨的，我正在慢慢习惯这一切。”那个七岁时摇晃着脑袋说要做骑手的男孩，十四岁时还真去马会做学徒了，可一年后就放弃了，“天分不够”，对自己有点儿失望，不过还是得生活，又去开的士，然后结婚生子，少时的梦想渐行渐远。从小要探求月亮奥秘的小孩卢斯，后来成了一名工程师，可研究项目失败，回到大学做了教授，像大多数教师一样，为取悦学生有时候难免表现出不自然的风趣和谦卑。

童年时快乐无忌；十四岁青春期，面对镜头时有羞涩不自然；二十一岁开始抽烟酗酒，或嬉皮装扮，蔑视社会，同时爱情苏醒；二十八岁时有人结婚生子进入家庭，少年时的叛逆已然远去；三十五岁进入事业分水岭，成就有高有低，目光不再锐利，身体开始发福，迈向中年；四十二岁时大多数人承认维持一段婚姻并不容易，年轻时无论多么神奇的爱情这时也出现了裂痕，有人离异，事业无力，生活混乱，人生进入内外交困的黑暗期，有人面对镜头说：婚姻是件最愚蠢的事；四十九岁继续寻找出路，有人再婚，影片中出现新的伴侣和孩子，为孩子的未来操碎了心；五十六岁，当年在游乐场无忧无虑一起疯玩的孩子们，已经各自走过了人生的大半程，隐隐带着每个人生命中的缺憾，不再挣扎，百困不侵，含饴弄孙，安心老去……

如果有观众从1964年开始追踪这部纪录片，等待那些可爱的孩子们长大后演绎出精彩人生，多半要失望，因为等了四十多年，他们终于等到十四个天使慢慢变成了十四个Nobody。看他们小，看他们老，看他们努力奋斗，看他们徒劳挣扎。

拍完《五十六岁》，导演迈克·艾伯特已经七十三岁。他发现自己本来试图呈现英国社会阶级状况的政治动机，却演变成一个命运的沉思者，一个“存在主义者”。这部片子让我们看到政治，看到文化，看到因果，看到别人的命运，也看到自己。

看完这部片子得出两条结论。一是优良的社会资源早已按既定格局被瓜分殆尽：高阶层的孩子基本没有偏离“精英传送带”，安享父辈的生活；低阶层的孩子也少有成功上位，只得一路沿袭辍学、早婚、多子、失业的底层命运，陷落于“阶级的混凝土”。第二个结论是，即便如此，人生的微渺感，也没有因其出身阶层的不同有本质变化。精英阶层看似生活更舒适，但社会对他们的要求更多，他们自身的欲望也更强，他们实现自己欲望的阻力、成本和代价也更大，一旦失败，命运更加惨烈。他们和梦想的距离，与底层阶级与梦想的距离其实是一样的——如果不是更大的话。这个距离坚如磐石，宿命般强加给任何一个阶层，无论高低。这点中外同轨。

迈克·艾伯特把这部影片的拍摄周期定为七年，灵感来自耶稣会的格言：“把孩子交给我，只要七年，我就能还给你一个男人。”希伯来语中，基数词“七”的词根有“完美”的含义，如此一来，回到影片本身，听上去是不是有点儿祈愿抑或是暗讽的意味?

用一个下午看完《七年》，我们眼睁睁地看着快乐和清梦是如何远离那一张张脸，那些一开始稚气，继而不屑，然后迷茫，再后来麻木，最后是无所谓的脸。与人生相比，国家、民族、阶级、时代都不重要，人生的本质，是人性和时间。这不只是万里之外十四个英国孩子的故事，也是包括你我在内身边大多数人的故事。哪里能有什么不一样？天地万物之逆旅，光阴百代之过客，浮生若梦，为欢几何，剩下的只是苍茫时间里有去无回的人。

弱德之美

1995年的一天，沈阳闹市街头，二十五岁的周云蓬摆上地摊，开始了卖唱生涯。一把二十块钱的“百灵牌”吉他，旁边铺着一张纸，上面没有惯常的“求助信”，而是让人似懂非懂地写了一句话：我听到钥匙转了一下，每个人守着自己的监狱。

当时并没有人知道，这个戴着墨镜，用艾略特诗句替代求助信的街头艺人，随后二十年里，将经历怎样繁茂的人生。

逼仄拥挤的铁西区工人宿舍，满世界车床、螺丝，灰扑扑的库房是周云蓬晦暗的童年；九岁失明，随后的少年时代“充满了火车、医院、酒精棉的味道”；然后长大，背着吉他，浪迹天涯，像同样是盲人的祖先荷马、高渐离那样，开始了漫游的旅途——先是青岛，之后乘船去了上海、南京、杭州；后来又去了泰安……1997年的南方，一路有长沙、株洲、岳阳、奉节、白帝城、宜昌……再后来是苏州、南京、武汉、昆明，腾格里沙漠、那曲草原、拉萨、日喀则……至今我都无法想象，一个盲人，赤手空拳，身无分文，克服了多少困难，承受了多少冷遇和屈辱，才度过那些年的黑暗岁月。

这几天读周云蓬的文集《春天责备》，非常意外，我看不到任何黑暗残留的阴影，看不到在大多数人那里已经习以为常的愤怒、埋怨、感伤、催人泪下和顾影自怜。整本书读下来，只有心态安详、口气平和、略带幽默和揶揄的自述。他的文字让人感觉，这个人虽然看不见他的周围，但他对周围的关注超过了对他自己，在世界面前他是忘我的。

一个盲人，能看到那么多饱和鲜艳的色彩：“雪白的马齿咀嚼青草 / 星星在黑暗中咀嚼亡魂”“黑草原上燃烧起靛青和硫黄 / 火车出轨狼烟遍地 / 兀鹫的羽毛纷飞”。

一个在孤独中飘零的人，始终怀揣着不熄的爱火和想象：“绣花绣得累了吧，牛羊也下山 / 我们烧自己的房子和身体，生起火来 / 解开你的红肚带，洒一床雪花白 / 普天下所有的水 / 都在你眼中荡开……我们最后一次收割对方，从此仇深似海……”这是我读过的最炽烈的爱情诗篇。

盲人在流浪，泥里行走挣扎，诗文却轻灵如在云端。才情饱满，把辛酸写得那么欢乐，又把欢乐写得那么心酸。生活里没有光，就让内心充满光明，一个如此温良的人，倒退百年，他是应该和玉、君子等词排在一起的。

周云蓬也有愤怒和悲伤，那是浆果里的核，被巨大的浓浆淹没，但不会消失。“不要做克拉玛依的孩子，火烧痛皮肤让亲娘心焦 / 不要做沙兰镇的孩子，水底下漆黑他睡不着 / 不要做成都人的孩子，吸毒的妈妈七天七夜不回家 / 不要做河南人的孩子，艾滋病在血液里哈哈地笑 / 不要做山西人的孩子，爸爸变成了一筐煤，你别再想见到他……”

他因为《中国孩子》被赋予“抗议歌手”的形象，而后，当更多的人期待他成为“民谣斗士”的时候，他却戛然而止，不愿进入公众的惯性，为一张标签夸张自己的感情。折回自己内心田园，他写出《牛羊下山》，“明月出天山，胡窥青海湾”，青春做伴，描摹那些远古的成熟与朴实无华，让人想起牧歌、《诗经》和故乡。

“人要时刻警惕，不要为了一个角色而骑虎难下”，这些话听起来像大师的箴言：“我情愿像一团泥那样瘫软在自己的幸福中，也不愿成为广场上站得笔直的塑像。”

一曲《九月》，唱成经典。对于词作者海子，这位让无数人顶礼膜拜的诗人，周云蓬有自己的认知。他说海子身上缺少一种烟火气，就是人间烟火，不适合日常阅读。就像不能在一房间里点上一盏探照灯，太耀眼。“海子太抒情了，不够泥沙俱下，就像肥沃的土壤上会有一层层的烂树叶堆积，海子缺少那种复杂和多生态。如果多活二三十年，更复杂多态，诗的光辉淡一些，可能更伟大。”

这就是一个盲人对世界的态度，平实、坦诚，心明眼亮。反观周云蓬的身世，要在他那样艰难的生活中保持平和，汲取审美的养分，就像要从钢铁中咂摸出泉水的味道，但是他做到了。古诗词学者叶嘉莹教授在词学批评上有一个美学概念：弱德之美。

弱德，是指人在苦难处境之下，仍然有所持守、有所完成的一种品德。弱德之弱，不是贫弱，在无常的命运面前，人力难以抗争，必然是一种弱，一如周云蓬的盲。但即便如此，我们还是可以遵循内心的操守，诚实，向善，隐忍和坚持，维护自己对美的欣赏和渴望，自尊而体面地活下来，这便是弱德。

弱之为德，在中国传统上自有渊源。只是现代社会，举世以“强”为尚，弱成了一种屈辱和羞耻，遑论弱德。可是只有上帝才知道，任何“强”都只是少数和暂时的，对更大多数人、更漫长的人生而言，“弱德”才是一种更现实、更安详、更慈悲的人生态度。

在《春天责备》的扉页上，周云蓬写下一句话：“我但愿能置身于审美的光明中。”合上书本，我心悦诚服：他做到了。双目失明的他，比健全的我们更接近审美的光明。但愿他能像《乐士浮生路》里那些哈瓦那的老头老太太一样，唱到生命的终点，对着死亡开心地张开无牙的嘴。

一个人寻找放浪形骸的自由

一个音从牙尖开始，慢慢回吞，在口腔里游走，回旋，升至鼻腔，龚琳娜仰起头，微微变动口型，控制着这个声音，收胸，提气，转移共鸣。一个音，就这样衍生出十个以上的不同音色。这不是表演气息。龚琳娜唱杜甫的《登高》，不尽长江滚滚来，一个“来”字，被唱得史诗般荡气回肠。

听龚琳娜演唱，感觉她用来叙事的不是歌词是声音。就像那首神曲《忐忑》，啊、咿、歹、地，都是些中国京剧唱腔中的虚词，提取出来，极端化地演绎。字的意义不重要了，重要的是音色。同一首曲，甚至同一个音里，多种音色在极其快速的节奏中变化，老旦、老生、黑头、花旦，夸张变形，有怒，有喜悦，有怨，有悲悯，传递着一种纠结复杂的情绪，声音成为一件乐器。

那些毫无意义的拟声字作为单音节语言，铿锵嘎嘣脆，听上去有浓厚的汉语特征和美感。我们的祖先就是这么唱的，只是文字的发展使老祖宗的语言变成了衬字（比如呼儿咳哟嘿），但隐含在那些字里的情绪和节奏还在，不需要理解就被一石击中，直接触发，所以听《忐忑》，还不知道什么意思，我们就被不明不白地被调动起来了。

前几天去听龚琳娜的演唱会，才发现《忐忑》只是她的一声吆喝，围观下去，兜里翻出来的全是神曲。从《相思染》《山鬼》，到《爱诺依》《你在哪里》，呼号、挣扎、魔性、鬼魅，掏心掏肺的欢乐，“都是些色彩饱和度很高的梦魇”。听这样的歌，想到远古，那时有一种叫“女巫”的人。她在众目睽睽之下把族人带到天上，轻微的幻觉，烟雾缭绕的仪式，大量的酒，大麻种子被投进火里，那些缠绵诡异的呓语不就是人类心之初始的祷词吗？

龚琳娜来自贵州，是从苗族飞歌和侗族大歌中唱出来的异嗓。听她演唱，完全不是我们以往那些字正腔圆眉目传情的娱乐体验，你完全忘记了美。深重的抬头纹，神经质般紧张坚定的眼神，夸张失态的姿体动作，这些在别人身上灾难性的观赏体验，发生在龚琳娜身上，却成为她的艺术精髓和人性证明。你原谅、接受、欣赏她的粗朴和忘形，只因为一点，你确信她是真的，并甘愿被她挟持，一道奔赴自在和自由。

在我们的记忆里，民乐多是丝竹缠绵的抒情小调，几把二胡扬琴琵琶，不足以表达壮丽阔大的情感。龚琳娜以极端的方式，让我们听到了民族音乐里最重要的表达：人声。几年前听过一次刘索拉的音乐会，开场《生死庆典》就把我震呆了，琵琶、箫笙、鼓、扬琴、古筝，简单几个乐器，更多地加入了刘索拉无词的哼唱、叫喊，以及中国戏曲、民歌甚至“跳大神”的手法。舞台上的乐器发出种种陌生甚至癫狂的声音，有点儿神经质，狂喜的临界点上，是硬朗的鼓点，和以男子雄壮的叫声。整个剧场上空，自始至终萦绕着她尖厉、迸云裂帛般的声音……整首曲子激越，翻腾，追赶，让人喘不过气，声场恢宏，一点不亚于交响乐，从没想过中国民乐还能表现出那么凶悍痴狂的情绪。

细想一下，中国音乐文化其实有非常张扬的一面，比如秦腔、梆子，犹如中国书画中的重彩和泼墨、草书。一般唱歌讲究运气丹田，但龚琳娜、刘索拉，感觉她们是从脚底往上唱，倾注全身的气力，把身体和音乐相统一。她们的高音是真声，是高位置的高音，很疯，很野，不怕唱破，同时脑子又特别清楚，高音在高处反复，不担心它哑，不会上气不接下气，阴阳转换却气场稳定，最后歌者释然，身体打开，把自己扔出去，达到一种打通气脉的自由。那种声音可能对身体确实不好，但人的灵魂需要那样的声音。

人声对于一个歌者到底意味着什么呢？人声不只是歌唱，还包括从呜咽到花腔，包括一切人的声带能发出的声音。原来在乐器掩映下的长嗟短叹，哼呜喘息，跌跌撞撞，突然骑着单薄的声线，坐着高音上了云端，那种迸发在声音里的自由，实在让我这样声带干涩乐音枯竭的人望尘莫及，心生恨意。

刚刚落成的中国国家博物馆，第一个展览迎来了德国《启蒙的艺术》。戈特利布·希克的画作《丹内克肖像》被选作本次展览的主题背景画，放置在整个展览的开篇。启蒙运动前，肖像油画是贵族们的特权，普通人是无法入画的。丹内克是位普通村妇，这幅肖像，“预示着启蒙运动带来了普通人自由价值的觉醒”。画中年轻的女人丹内克姿态松弛，坐在户外的凳子上，长风吹过，浑身洋溢着自信和自由的气息。这个女人让我想起了龚琳娜，她一路从西南贵州的大山里走来，声音里沐浴着云贵高原的雨露星风。她说：“我的嗓子是个通道，我的思想、我的情感都通过这个通道释放出来。当我有能力随心所欲表达的时候，我感觉到我自己，那是种完全的自由。”

每个人都有自己接近自由的方式，有人用大脑，有人用笔，有人用身体……龚琳娜用的是声音。很多时候，自由的获取并不一定意味着对强权的抗争和血腥，它很可能跟权势无关，跟知识和认识无关，它只关涉一个人的心性，像一个盲人沉浸于自己的世界，是一种佛性。它可以，也应该是日常和欢乐的。“一个人寻找放浪形骸的自由”，是龚琳娜《山中问答》里的一句歌词，那是她所有吟唱的主题，也是我们每个人寻求的天命。

哥德堡变奏曲

没见过音乐会以纪录片开场的。片名是《一个中国钢琴家与巴赫》。冬夜，德国北部的村庄，半人高的积雪里，钢琴家朱晓玫踽踽独行，经过山林、田野、农庄，经过村舍旁孤零零的街灯，走进一座朴素的两层楼房。这房屋是巴赫的故居，两百年前巴赫自己修建，“我喜欢到这间屋子里弹奏巴赫，感觉在与巴赫促膝交谈”。过后是一个从高处俯瞰村庄的全境，大雪弥漫，寒夜成冰，几处昏黄的灯光映照着滂沱的雪雾。这时候，钢琴声响起，舒缓、空灵，《哥德堡变奏曲》神启般的主题，像是晚祷……感谢这样的雪夜，严寒是温暖的源泉。

近五十分钟的纪录片结束，舞台上灯光亮了，一台“斯坦威”钢琴盘踞中央，静场，六十五岁的钢琴家朱晓玫走上舞台。身着深咖啡色的中式丝质长衫，背后是深棕色幕板，灯光柔和，活脱脱德拉图尔画作的色调。

没有一句话，朱晓玫致意片刻，转过身去，落座，低头屏息，全场安静等待，不过一会儿，手落声起，像一声咏叹，《哥德堡变奏曲》熟悉的旋律飘然而至。

这是朱晓玫去国三十年后第一次回国举办音乐会。年逾六旬的她已在法国乃至世界钢琴界享有很高声誉，却少为国人所知。她十一岁就读中央音乐学院，在学校举办音乐会前夜被送往河北农村，接受“上山下乡”教育，“文革”后赴欧美求学。在国际钢琴界，朱晓玫录制的《哥德堡变奏曲》被评为五音叉（diapason5）、超强（ffff），与另一位加拿大钢琴大师古尔德的《哥德堡变奏曲》，同被誉为“并峙的双峰”。

《哥德堡变奏曲》陪伴朱晓玫三十年，每天清晨洗漱后，第一件事，就是坐到钢琴前，晨祷般练习这支曲子，“每天早上弹一遍，就像打坐一样”，周而复始，从未间断。“这支曲子对我来说就是修炼”。朱晓玫把自传也分为三十个章节，对应《哥德堡变奏曲》的三十个变奏，她觉得自己的人生就是一曲《哥德堡变奏曲》。“三十年来它伴随着我的生命，就像一个与我生活的人，它已经成为我的一部分。”这次回国，《哥德堡变奏曲》是音乐会唯一的曲目。

变奏曲的主题好像一个人，一生不断成长变化，但又始终如一。《哥德堡变奏曲》既有抒情性的慢板，萨拉班德舞曲的欢快，也有很多现代的不协和音程，托卡塔似的炫技；既有来自德国意大利的民歌小调，也有辉煌的赞美诗，但固定的低音线条，勾画出它万变不离其宗的结构逻辑。这种音乐气质，深邃正大，法相庄严，属于典型巴赫式的典雅贵气。

朱晓玫双目微合，身体微倾，匍匐在钢琴上，像是抚摸，又像是祈祷。《哥德堡变奏曲》是她一辈子的神祇，能感受到她所有的倾心、敬畏、自由和舒畅。有些变奏段落欢快幽默，虽是一片繁花，和声密布，听起来却颗粒清澈，各归其主；有些段落像沉重的喘息，黏稠的阴郁在宽广的篇幅里推碾，让人叹息。已然是六十五岁的老人，肢体动作非常小，肩膀几乎不动，但还是能感受到那力量，怎么顺着双肩传导下来，注入手指，用力处，触键又深又缓，一直插到音乐的根底。

一直喜欢看钢琴家的手，那是钢琴家全部的表情，尤其是指根到指尖那一段。演奏时，看它们在琴键上腾挪翻飞，兴起时，感觉那已经不是手，是眼，是耳，是心脏大脑，是歌喉，是钢琴家所有器官的变异，是神启。演奏会上没有看清朱晓玫的手，但纪录片的视频上有大段手的特写。不同于很多钢琴家神经质般嶙峋的瘦，朱晓玫的手绵软厚实，充满母性，伏在琴键上一点儿也不花哨，像在织锦，在收割，每个骨节，形状各异的指尖，动作很小，小得好像算过最小值，却又担得起每一寸乐音的重量。激烈的时候，看她手指掀动，指骨在皮肤下偶然显现，坚实如钢。也许正是这种质感，让朱晓玫传达出的音乐甘美温厚。

朱晓玫说，每次弹《哥德堡变奏曲》，都觉得这支曲子来自寂静，就像一个人从梦中醒来。此前对这支曲子完全不熟，为音乐会做功课，我提前二十天，每天早上起床，第一件事就是听《哥德堡变奏曲》。十多天下来，它清晰灵动、均衡妥帖的曲式和节奏，渐渐营造出一个慵懒和醒脑交织的气场，近似于早操晨练。每次听到旋律简单，又有少许跌宕的“变奏13”，尤其前面几个音，从旋律、音色、力度、呼吸间歇到节奏的控制，朱晓玫的演奏像真理一样准确无误，没有分毫差池，每次听到这里就彻底醒了。

“巴赫是平衡，是安静，是中国人寻求的最高境界。”朱晓玫喜欢把《哥德堡变奏曲》和老庄联系在一起。她自己说，在国外三十年，没有中国文化的支撑她熬不到今天。有段时间，艰难时，她每天早上弹《哥德堡变奏曲》，晚上临睡看老庄。老子推崇水，巴赫的音乐就像水，它不强烈，不竞争，但具有巨大的能量，使人安静，找到平衡。“天下莫柔弱于水，而攻坚强者莫之能胜”“柔之胜刚，弱之胜强”。

柔弱如水，何以自强，柔弱的力道究竟从哪里来？胡适在美国的时候，有次去大峡谷，看到很大的瀑布，就对女友韦莲司说：“你看，水的力量多大啊，至柔可以克万物。”水在中国人心中是特别柔软的东西。韦莲司告诉他，错了，水有力量绝对不是因为柔弱，水的力量是因为有势能。是啊，无论朱晓玫还是巴赫，他们的力量都不只是柔弱。巴赫不是那种用情感淹没一切的音乐家，却总能把我们置于人类生活的广阔和无穷中。

朱晓玫当然也不是。《哥德堡变奏曲》演奏完毕，经久不息的掌声换来一曲加演。演奏前，朱晓玫动情地回忆自己很多年前第一次在北京音乐厅听音乐会的情景，演奏者是奇女子顾圣婴（那是另一个惨烈的故事）：“很多前辈都走了，他们没有我这样的幸运，这支乐曲献给没能走出‘文革’浩劫的人们。”

加演曲目是巴赫的《C大调托卡塔》里面的一段慢板，从来没听过，可第一个低音出来，就让人备感沉重。六十五岁的朱晓玫坐在那里，一脸苦厄，满是皱纹，她太普通了，普通得像我们身边的每一位母亲。随着音乐节奏的徐徐推进，我第一次看见她的身体随重音抖动，似一个背负重托在苦路上跋涉的圣徒。这是救赎吗?为那些没能走出苦难的灵魂。经过多少劫难才能走到今天……她沉静内敛的痛苦，她的精神质感，她去朝圣巴赫音乐所祈求回来的安谧，绝对不是柔弱，而是势能，以气作骨，让人震撼。

记得在一个不知是哈佛还是剑桥的网上音乐课程里，听一个老教授说过一个观点。他说，音乐是一种和谐的比例，可以是声音，也可以不是。比如山河，比如人身体和灵魂的比例。在古希腊和中世纪，音乐就不只是声音，而是一种合理的比例关系。从音乐演奏层面，朱晓玫和巴赫难分难离；但从精神层面，朱晓玫独立出来，更贴近老教授所谓那种音乐的核，朱晓玫的音乐已经不只是声音，是山河，是人的身体和灵魂……在加演曲目中，我才慢慢感受到她。

天知否

“知乎”是一个网络问答社区，其概念呈现是“所有人问所有人答”，与“世界分享你的知识、经验和认识”。几个月前，问答社区出现一个问题：“你觉得自己牛×在哪儿？为什么这么觉得？”这个社会从来不缺乏自认为牛×的人，短时间内，数万人参与了这个回答。

其中一个赢得了最高转发数的回答，让后面很多自以为牛×的人闭嘴了。回答者叫程浩，远在新疆石河子市。这里全文转录：

我自1993年出生后便没有下地走过路，医生曾断定我活不过五岁。然而就在几分钟前，我还在用淘宝给自己挑选二十岁的生日礼物。

在同龄人还在幼儿园的时候，我已经去过北京、天津、上海等大城市的医院。在同龄人还在玩跷跷板、跳皮筋的时候，我正在体验着价值百万的医疗仪器在我身上四处游走。

我吃过猪都不吃的药，扎过带电流的针，练过神乎其神的气功，甚至还住过全是弃儿的孤儿院。那孤独的日子，身边全都是智力障碍的儿童。最寂寞的时候，我只能在楼道里一个人唱歌……

二十年间，我母亲不知道收到过多少张医生下给我的病危通知单。厚厚一沓纸，她用一根十厘米长的钉子钉在墙上，说这很有纪念意义。

小时候，我忍受着身体的痛苦。长大后，我体会过内心的煎熬。有时候，我也忍不住想问:“为什么上帝要选择我来承受这一切呢?”可是没有人能够给予我一个回答。我只能说，不幸和幸运一样，都需要有人去承担。

命运嘛，休论公道!

近些年，我的健康状况日益下降，住院的名目也日益增多，什么心脏衰竭、肾结石、肾积水、胆囊炎、肺炎、支气管炎、肺部感染等等。我曾经想过，将来把自己的全部器官，或捐献给更需要它的人，或用于医学研究。可是照目前来看，除了我的眼角膜和大脑之外，能够帮助正常人健康工作的器官，真的非常有限。

我最遗憾的事情是没有上过学，当然，遗憾的原因不是什么“自强不息”的狗屁理由，而是遗憾不能像正常人一样交朋友，认识漂亮姑娘，谈一场简单的恋爱。但是就像狂人尼采说的:“凡不能毁灭我的，必使我强大。”正是因为没有上学，我才能有更多的空闲时间用来读书。让我自豪的是，我曾经保持过一天十万字的阅读量。虽然我不知道自己为什么要读书，但是，我觉得这是认真生活的表达方式。我不是张海迪女士那样的励志典型，也不是史铁生老师那样的文学大家，我只是一个普通的“职业病人”。但是我想说，真正牛×的，不是那些可以随口拿来夸耀的事迹，而是那些在困境中依然保持微笑的凡人。

这是我在“知乎”回答的第一个问题，感谢题主。期待认识更多朋友。

因为病理疼痛，程浩回答的每一个字，都是用鼠标点击虚拟键盘一个键一个键敲出来的。我还看了他对网友留言的回复，乐观、善意、年少气盛又谦和知礼，面对质疑心平气和，重负之下不怨天尤人……很难想象，一个长期被疾病折磨的年轻人，才二十岁，却对生活保持着这样的通透和优雅，其心性拥有一种非常精妙的分寸感，是我们这些健康人活了一辈子也修炼不出来的。

回复留言最后，程浩写道：“……窗外的夜空星罗棋布，你们的祝福会像那些明亮的星星一样，闪耀在我的梦里。”石河子的夜空，应该比我们这里更明亮，那是一个童话，但愿真的能解救这个承受了太多生之苦难的年轻人。

但是没有。天不遂人愿，回答完这个问题，两个月后，8月21日，二十岁的程浩离开了人世，告别了这个给了他太多苦难的世界。

程浩的离开让我难过。我在想，一个人二十岁，从没有下地走过路，疾病和死亡笼罩着生命的每一天，这样的生命还有意义吗？就如我一直想不通的问题：对于许多被疾病、衰老和死亡胁迫，已经了无生趣的人，活着成了一种痛苦，为什么不能用“安乐死”帮助他们解脱？尽管我现在依旧被这个问题困扰，但程浩的死，动摇了我对这个问题的答案。

我们喜欢用有用或无用，痛苦或幸福，有意义或没意义来衡量生命的意义。如果以这个标准，程浩晦暗和痛苦的一生没有意义。但在得知程浩死亡的这个早晨，我又非常确定地看到了他生命的意义。短暂的一生中，他对疾病和痛苦的反抗，确实体现出一种生命本身的力量和光辉，那是多少不幸和痛苦也掩盖不了的光辉。需要修正的是这个标准，生命不应该用有用无用、有意义没意义来衡量，生命本身就是价值，活着本身就是一件充满神性的事。

一个网友说：你让我们看到自己活得太轻薄。

另一个给已经不在人世的程浩留言：你扇醒了我，不敢偷懒了。

一个人的生命感染、影响了更多的人，那么这些人的生命也是他生命的一部分。不是说灵魂不死吗？肉体的灭亡是灵魂自由的起始点。

程浩扩展了我对人的认识，唤醒了我对人的尊崇、对生命的理解。一个人能活成这样是了不起的。

“其实活着没有意义，但活着可以发现很多美好的东西，正如你发现了一朵花，我发现了你。”在我们的人生中，有时会觉得，和某些人曾经共处一世是幸运的。程浩，一个二十岁的普通年轻人，让我有了这样的感觉。

有些人，值得你在有生之年，一想再想。

记住程浩。

做一个坚定的身体主义者

欧洲这两年倒霉，经济滑坡导致生育率下降。英国新首相把人口危机视为新欧洲崛起的结构性障碍。不知什么力量能挽回欧洲人口的颓势。

想起八年前，韩日世界杯后，英格兰超市ASDA公布了一项统计数据：在某一特定时间段，该超市新生婴儿产品销售猛增20%。该组织的报告发现，如果把怀孕的日子倒推过去，当时出生的小孩多半受孕于前一年的6月7日前后。那一天发生了什么呢？6月7日，韩日世界杯上，英格兰与阿根廷对决，贝克汉姆踢进一个致命的点球，让英格兰一比零绝杀阿根廷。由此ASDA认为，贝克汉姆球场上的英雄行为，掀起了不列颠床上婴儿诞生的浪潮。可见人们在表达自己的喜悦和狂热时，身体是最简单、最直接的工具。

同样的高潮在二十世纪六十年代蓝调白人女歌手Janis Joplin的自传里也见过。那是个“花与和平”的嬉皮年代，一次演唱会结束，Joplin还沉浸在刚刚过去的情绪中："感觉好像和千万人做过爱。"何等巨大的快乐，才能赋予身体如此永不衰竭的能量！在这样的时候，身体已经超越了肉身，因为身体快乐时，灵魂在享受它。

恋恋浮生，只为情色。身体的解放从来就是人性解放的一部分。身体是我们表达快乐的工具，甚至就是快乐本身。但是身体的重要性远不止于此。自从来到这个世界上，"认识自己，表达自己"就是我们终其一生最重要的工作，而这项工作的起点和终点，都在我们的身体内。

我们这代人年轻的时候，多半迷恋过德国导演法斯宾德，他电影里那些暧昧不清的人物动机，纠结善变的人生态度，阴沉模糊的影像，都腐蚀过我们矫情做作自以为是的青春期。两个月前，偶然看到一本台湾远流出版的法斯宾德传记，在他放荡不羁的生命轨迹中，终于找到比他的电影更为强悍的表达，那是一个用身体铺陈的人生：自幼单亲，在街头、夜店、妓院野草一样生长，做过小偷、男妓，也做过嫖客、情圣；他的电影只用一个制作班底，他的身体使用过里面的每一个男人和女人；二十年里他拍了四十三部电影。他几乎耗尽了身体的所有能量，去爱，去恨，去压榨，去伤害他身边所有的人，"身体是我所有电影的动力"，也是他所有电影的工厂。

这一定不是一个轻松的故事。身体带给我们欢愉，也会带给我们疼痛。身体成为法斯宾德的荣耀，也是他的原罪。我和你不同，就是因为"我的身体和你的身体不同"，人和人的差异，早已先于思想、经历和教养，铭写于身体之上。在这个意义上，身体比人生更能体现命运感。

可在一个人与人地位、财富、教育、心智差距越来越大的年代，身体又是一种平等的力量。我们每个人都平等地拥有自己的身体，它是一份最确定的私人财产。认识到这一点，对身体油然升起类似信仰的热爱和忠诚。

要学会善待自己的身体。当我们还是嗷嗷待哺的婴儿，身体是我们唯一的快乐和疼痛；等我们老了，所有的功名利禄离去，陪伴我们的也只有身体。那时候你会发现，人这辈子真正拥有的，只有自己的身体。

艾伦·金斯堡咆哮一生，可他晚年的诗歌不再有革命和政治，他只是像个农夫一样歌唱身体："岁月枯荣，身体是大地。"

呼吸

身体落入泳池那一刻，真体会到了什么叫“如鱼得水”——我指的是皮肤的饥渴感。游泳停了几个月，整个身体再一次被水环抱的时候，心一下静了，像在一个嘈杂的白天，黑夜突然降临。

游泳十多年，对自己的要求就是不要沉下去，所以一直是菜鸟级。但有个成绩很自得：能一口气潜泳五十米，二十五米池一个来回。据说这算得上专业运动员的成绩了，以我现在的高龄，更不容易。

但这个纪录的取得，有许多条件。一是时间，我每次游一个小时，这个成绩只能在下水二十分钟后四十分钟前。前二十分钟身体没打开，后二十分钟体力已经不够了。二是要合理分配整个游程的体力，比如第一划必须撑过十米，十二划内结束单程开始折返，在四十米的地方才能把气用完，最后十米依靠惯性。三是意识。我试过，整个过程要控制好自己的意识，不能全想事，想事很耗体力，也不能什么都不想，不想就会失控，在预定的时间和节点游不到位，必须掌握好这个平衡。四是心态。整个过程要很放松，有游戏感，觉得好玩，不能让目标对自己有压迫，压迫导致紧张，紧张很耗体力，没体力就沉下去了；但也不能太游戏，心里还是要有目标，不然玩嗨了，中途气绝，也到不了终点……还有几条，属于秘籍，这里就不说了。

听起来是不是像人生指南？但那不是我的本意。我想说的是，身体真的是一个很精密的系统，呼与吸，意识与肉身，心与灵，都是有关系的。这种关系以秒、以毫米为单位，严密精准，你看不到，想不清楚，但能丝丝入扣地感觉到。人潜在水中，你会觉得像一个将领一样，调整和控制着自己身体的所有器件，疾与缓，轻与重，辗转与沉浮，在水的托浮和推动下，游向一个可以预定的目标。

人对自己身体的自觉源于古埃及。埃及人特别注意身体的规则，强调一种高度节制的纪律性。这种纪律性是通过对身体施与各种教养和管理完成的，他们觉得身体的纪律就是一种美。泳池里，我没发现自己的身体跟美有什么关系，但对身体系统的纪律性深有体会。

而世事总是结伴而行，结伴的双方还看似对立。一个真理的对面往往站着另一个真理。朋友开瑜伽馆，请来一位印度大师表演，让我去观摩。在那一个小时，我发现了迥异于身体纪律美学的另外一种身体语言。

大师精瘦，眉眼松弛，身体伸缩和缓，在瑜伽音乐的伴随下，体态饱满、柔软、富裕，像一朵正在绽放的莲花。他表演

“拜日式”，将身体尽量拉长，拉到跟蛇一样柔软，这时他的肌肉已经没有暴突感，而是跟呼吸一样缓和和悠长……我想起在印度卡朱拉霍神庙里看到的那些身体石雕，也是这样柔软绵长，透露着肉体渴望扩大和延长的欲望。

印度人觉得美的身体可以收放自如，放纵到极限，同时也收敛到极限，在收放之间找到一个平衡，衍生出一种慵懒、缓慢、没有野心的身体美学。这点与同在东方的日本不一样。日本人的身体观如同格律，刻板严谨，可一旦解放，又常常放肆到残酷不可收拾。

后来大师教我们瑜伽，从呼吸开始。呼吸这事我从一生下来就没停过，但那一次真正安静下来，聚精会神，才体会到呼吸的精妙：呼跟吸中间其实是一个很长很长的过程，如果把所有的呼和吸放慢，呼跟吸之间的界限会小到近乎消失。大师说，平日练习呼吸，懂得了呼吸，在面对一件事的时候，呼吸可以帮助我们获得静气。

静气，东西方的身体美学在这一点上殊途同归。我感觉，瑜伽能让你获得一种“上帝的眼光”，忘记自己的身体，而游泳更能结实地唤起你的身体感。从瑜伽馆出来，我还是跳进了泳池，那一刻没有别的声音，只有水在哗哗流动，排水，打水，水花像冷烟火一样聚集又散开，各种水声交织一起，喧哗又几近无声，和自己的身躯融为一体，非常安心。

一双脚能透露关于这个人的一切

朋友回北京了。不是坐飞机，不是乘火车，当然更不是骑马。他是走回来的。

为迎接他，我特地到京西门头沟深山里的爨底下村。这个距离北京城九十公里的小村落，明清时期曾是北京通往河北、内蒙古的古驿站，也是京西连接边关的军事通道。它旁临的黄草梁大草甸一望无际，像是古时英雄聚会的地方。看见朋友满脸烟尘地走来，背景是草浪翻滚、山石峥嵘，简直是千年前《荡寇志》里的场景。

出走一年半，朋友的想法就是用双脚行走中国："我并不确切地计划去什么地方，只在地图上大致画了一个圈。在一个小饭馆，偶然碰到一位蒙古族的羔羊饲养老人跟我说，你应该到内蒙古东乌珠穆沁旗看看。我真的就到了那儿——住老乡家，放羊，给当地人剃头，干点杂活儿，然后继续走。

"我在草原上不认识路，就找电线杆儿——顺着电线杆儿和电话线，就迷不了路。我顺电话线找到一条土路，那里一天也过不了一辆车。在一个废弃的小站上，我还写了一篇小说。

“我曾经想写三本书，记录这一趟行走。可走着走着就改变这想法了。行走的过程中，发现写作不重要了。

“从内蒙古到宁夏，从甘肃到青海……到吐鲁番，再到库尔勒、帕米尔，断断续续，又走到四川、云南，我的目的只有一个：走！什么信息啊，城市啊，都忘了。行走成为一种惯性。

“行走颠覆了我许多观念，让我变得简单。这对我的人生具有哲学意义。”

人思想的形成有很多种方式，还从没想过，机械、单调、在很多人看来乏味到近乎自虐的行走，会在人生观上影响一个人。

朋友是个极端的人。也正是他的极端，才让行走这个简单的身体行为升华出意义。莎士比亚在《麦克白》中说，生命“只是行走的影子”，道出了本质，即没有行走，就没有生命。在他那里，所有的痛和罪恶都在行走的路上消解了，行走的意义并不是通向远方，而是我们完成疗治和救赎的过程——事情就是这样。

从行走说到哲学有点装，能牛到我朋友那样的人毕竟少数。不过那少数牛人中还有一个叫阿甘。前几天又看一遍《阿甘正传》，因为英语不好，每看一遍都会有新发现。这次的发现非常关键，就是那尾从片头飘到片尾的羽毛。以前对这尾飘浮逛荡又方向确定的羽毛百思不解，这次好像懂了。答案藏在妻子Janny死后，阿甘站在她墓前的一段独白里：“我不知道妈妈和上尉丹究竟谁对。我不知道，我们每个人的命运都已注定，还是在偶然中随风飘浮。我想，也许他们都是对的，偶然和宿命同时存在。”

说得多好。这就是那尾羽毛，在空中飘浮，被复杂的风向左右，腾空、滑翔、坠落，完全不能自控。但最后，还是命定般飘向阿甘那双泥泞的脚。那是一双用三年两个月十四天十六个小时走遍了美国大陆的脚。阿甘还记得妈妈的话：一双脚能告诉你关于这个人的一切，他曾经的过去，未来能走多远。

阿甘妈妈的话千真万确：一双脚能透露关于这个人的一切。它虽然只占我们全身表面积的2%，却承载了100%的身体重压，人的成长和衰老都是从脚开始的。我们哪里知道，在身体的最底部，藏着这么本质的秘密？

所以现在越来越多的人把心力投注在双脚上，为了健康、游玩、环保或是娱乐，通过行走来解决个人或人类的问题。物理学有种理论叫布朗运动，即任何悬浮在液体或气体中非常小的微粒（布朗微粒），永远处于无休止的没有规则的运动状态中。现在把那种想哪儿走哪儿，神龙见首不见尾的赤足旅行，叫布朗运动。物理范畴的布朗运动据说帮助爱因斯坦证明了分子的存在。在这个充满了线路、指南以及你不可不去、一定要去的攻略时代，瞎走、乱走的布朗，是不是才算行走的真精神？

一双脚能透露关于这个人的一切，那就走吧，不停地走，用行走告诉我关于你的一切。

电影的情人

钢琴、海潮、松林、光影在法罗岛的余晖里支离破碎。

“这个小岛，留给我太多回忆，长达五十年。有段时间这里是我的家，那是一段美好的时光。我在这里遇到了英格玛·伯格曼，他完全改变了我的生活。”

旁白沉静舒缓，带着岁月流逝的质感。七十五岁的挪威女演员丽芙·乌曼看着窗外，喃喃自语，像是追溯一段晦明莫辨的昔年爱恨。要在九十分钟里呈现一段长达半个世纪的情感关系，对纪录片《丽芙与伯格曼》而言，这是一个完美的开始。

法罗岛在俄国和瑞典之间，非常荒凉，像石器时代的遗迹。1965年，为拍电影《假面》，二十八岁的丽芙在这里遇到瑞典大导演，四十七岁的伯格曼。电影还没拍完，像之前大多数电影的拍摄一样，导演爱上了女演员。《假面》的另一个女主角安德森告诉乌曼：远离这个男人。十年前的夏天，她也曾堕入伯格曼的情网。乌曼深知伯格曼是她的人生劫数，但没有办法，还是一头栽了进去。

每天，乌曼陪着伯格曼散步，沿着漫长的海岸线，看着海。他们就这么看着海，几个小时不说一句话，把彼此看成了海，还是不说一句话。

“躺在法罗岛的太阳里，我觉得那是我一生中唯一的一个夏天。”房子孤零零，人孤零零。有时候伯格曼睡不着，乌曼就一动不动一声不响地躺在他身边，担心自己会破坏他的寂静，担心自己不是他思绪的一部分。“我的安全感来源于这种梦一样的寂静。只有那样，他才是我的。”

伯格曼在其自传《魔灯》里，盛赞乌曼是“我的斯特拉迪瓦里琴（相当于小提琴中的蓝血王族）”，“她身体的每一个部位都充满情感，洋溢着凄楚又平常的人世感”。伯格曼的故事大多充满了相互折磨、彼此桎梏的人际关系，乌曼的存在，缓解了他内心的挣扎，缓解了他的焦虑和悲剧感。评论界经常苛责伯格曼的电影冷涩难懂，但只要乌曼的脸出现在银幕上，观众的心就安静下来，她是人世间的女人，是妻子，是母亲，是伯格曼晦涩世界里唯一的温暖。

伯格曼以难得的耐心守护他和乌曼的关系。他在岛上建造了一所房子，周围筑起高高的石墙，他不让乌曼离开小岛。他们在岛上一起生活了五年，养育一女，没有婚姻。

再后来，像所有的男女关系一样，渐渐地，乌曼发现了伯格曼的弱点，任性，自负，容易害怕，虚荣自私，随着年岁增大，头发也越来越稀疏……她不再崇拜他，但令乌曼自己都很惊讶的是，她对他的理解和尊敬却与日俱增，“这就是爱了”。

但即便是爱，也没能阻止他们分离。伯格曼以极强的控制欲掌控着乌曼，把自己渴望的孤独也强加给她，把法罗岛上的房子变成了监狱；嫉妒也随着感情的深入而变得越来越强烈甚至狂暴，不断为此吵架，乌曼无法再忍受……有一天，望着伯格曼的背影，乌曼突然泣不成声。她知道是时候了，她必须离开。

借着拍摄另一部电影的机会，她整理好自己的衣服，带着女儿，离开法罗岛。五十年后回想那一天，乌曼说自己带走的不是美好，也不是爱，而是“满满一行李箱的孤寂”，身体里的一部分已经永远地改变了。

对我来说，这个故事的魅力，从这个时候才刚刚开始。乌曼和伯格曼的关系并没有随着乌曼的离开而结束，谁也没想到，他们的感情，在一种既不能相处，又没法分离的状态中爱怨交织地延续了五十年。有时候你不由得感叹人生太长，容得下那么多诡谲莫名的戏码，一出出连台，也许这才是这段情爱关系最启人心智的地方。

分手之后，一般女人给身边的好朋友打电话寻求安慰，但是乌曼只会打给伯格曼，甚至每天都打。伯格曼每次都在电话那头温柔地陪伴她，直到她心绪平息。

伯格曼很讨厌坐飞机，但乌曼在百老汇表演的时候，伯格曼依然坐飞机到美国，看完她的演出，第二天回挪威。

大部分女人最后都离他而去，但只有乌曼继续爱他。她说，在一起他们会争吵、战斗，但是没有他的生活空空如也。伯格曼带给他的女人们远大于快乐的痛苦，只是那些快乐也是一般男人无法给予的，所以她们得忍受，“我们互相让对方生活下去，即使痛，也无妨”。

伯格曼去世之后，乌曼回到了他们在法罗岛的房子里。房子的墙上有一块小白板，上面有他们在一起写的日记，都是一些心形符号。乌曼离开之后，白板上的字迹因为日光照射变得越来越淡，但是每个春天，伯格曼都会用笔把那些符号重新描一遍。“现在伯格曼走了，爱的日记也会慢慢变淡直到消失，就像所有人一样。”说这话的时候，七十五岁的乌曼神色黯然。

伯格曼做过一个梦，梦见自己和乌曼的生活永远痛苦地缠绕在一起。“三十多年以后，乌曼来看我，晚上我送她回去。沿着斯德哥尔摩寂静的道路，我们走了很久。那年乌曼六十二岁，我八十一岁，死亡随时会来，人世也早已无可留恋。不过，沿着斯德哥尔摩的大道，我八十岁的身体变得前所未有地充满渴望。”

我不知道是什么东西，能让两个性格强烈、无法一起生活的人，精神和情感上还这样缠绕纠结，互不放手。他们不在一起，好像是在一起的另外一种方式。爱很了不起，但也许爱又是不够的，因为爱会蒙蔽人的眼睛，还会流失。有时候，一个人的心灵比爱更广阔、更稳固，它能容下比爱更丰厚复杂的内容。基于心灵的伴侣，是不是比情感上的爱更顽强和持久？

乌曼和伯格曼共同生活了五年，但他们的情意保持了五十年。乌曼在电影最后讲了一个几近神奇的故事：2007年7月的一天早上，身在挪威的她起床后，预感到远在瑞典的伯格曼会有一些事情发生，于是平生第一次，租了一架私人飞机赶到哥特兰岛，再转搭轮渡到达法罗岛伯格曼的住地。其时伯格曼已无法发声，床前她自顾自地说：“我感觉到你打电话给我了，因此我才过来，难道你没打吗？”这是乌曼在伯格曼的最后一部电影《萨拉邦德》中的台词。就在当晚，伯格曼在睡梦中溘然长逝。

理想生活

2009年10月8日晚上8点40分，你在干吗？后来才知道，那一刻，一颗小行星在印度尼西亚上空的地球大气层中爆炸了，释放出的能量相当于三枚广岛原子弹。这颗小行星直径约为10米，科学家说，如果它稍微再大一些，如直径达到15～20米，撞击地球就会引发实质性灾难。我理解，可能2/3的亚洲人会在那个晚上消失，再也没有机会看到一个月后上映的《2012》了。

好险。回想一下，当时我正在从新加坡飞回北京的航班上。小行星的爆炸点可能距离我的飞机不远，只有几百公里。很可能当时我在看一本书——《善恶的彼岸》，更有可能我正读到书里的一段话，那是尼采说的，谈及他理想的生活：

“他需要的东西是别人忽略的，他很容易感到快乐；他没有任何特别的昂贵的爱好，他的工作不累，而且宜人；他的白天和黑夜没有蒙上良心谴责的阴影；他以一种与他精神相适应的方式吃、喝、活动和睡觉。他的心灵变得越来越安宁，越来越壮大；

他的身体让他感到快乐，从来没有恐惧它；他不需要同伴，与别人在一起，只是为了更好地欣赏自己的孤独，他可以生活在死去的朋友们中间。”

这是一个哲学家最理想的生活。如果思想再少一点，平庸一点，不那么喜欢孤独，也是我的理想生活。想到我在冥冥中错过的那场灾难，更珍惜阳光下重新看到的一切，这段话就尤其让人感慨，它会让我们容易接受一些不那么嚣张、更基本的生活。

前不久参加一个“休闲论坛”，为了搞清楚什么是休闲生活，又翻出尼采这段话，再三抚读，读出更多有关“闲适”的真意来。

他很容易感到快乐：重要的是“容易”。这句说的是心理的平衡和从容。一个心理躁动的人是没法休闲的。看过一篇文章，说87%的美国人觉得上帝爱自己——多么天真自足的心理状态。而中国估计有一半以上的人对生活充满抱怨和不满，这就是我们和一种真正休闲生活的距离。

没有昂贵的爱好：说的是休闲和财富无关。有了昂贵的爱好就不容易快乐了。爱好便宜，快乐的燃点就低，闲适的生活就容易获取。和财富无关的休闲才是能造福更多人，带给更多人快乐的休闲。

白天和黑夜没有良心谴责的阴影：内心的善意和纯良，不作恶，问心无愧才能让一个人内心闲适。一颗掺杂了太多算计、紧张、欲求的心是无法闲适的。原谅自己的小错误，不让自己犯大错误，享受明了、领悟、专注、沉静的爱与同情，就可以得到真正的休闲。

以一种与他精神相适应的方式活动：说的是灵与肉的和谐。不偏颇，不极端，不顾此失彼，只要与自己的精神气质相契合，声色物欲也是天理。不要力拔山兮的精神狂躁，不求锦衣玉食的犬儒，灵与肉的关系有点像夫妻，不是要各自多么好，要的只是匹配。

欣赏自己的孤独：尼采是伟人，不需要同伴，他的休闲还包括孤独，所以最后憋坏了，在都灵街头抱着一匹老马号啕大哭。这种哲学家的癫狂不能用来要求普罗大众，太害人。中国人还是喜好“与众乐”，良好的群体关系，是中国式休闲的重要依托。

读到这几句话的时候，我在三万米以上的高空，舷舱外夜空晴朗，星河逶迤。哪里会料到几百公里外的那场爆炸，差点儿瞬间把这一切毁灭？灾难最大的功用，是可以消灭我们对生活的妄想，就像撇去最上面那层泡沫，让我们品尝到啤酒真正的麦香。成功和梦想是人性的一部分，不可或缺，但要沦为它们的奴隶，被它们驱使，就是你的错了。尼采告诉我们，在生活的价值体系里，财富和权势都是末，心灵的舒展才是本。你只有自己建立一个稳妥、有内在支撑的系统，才能对抗世界的纷乱和无序。那年夏天，普鲁斯特在看到夏尔丹的静物油画后给自己的朋友写了一封信，信里说：“我之前从没意识到在我周围，在我父母的房子里，在未收拾干净的桌子上，在没有铺平的台布的一角，以及在空牡蛎壳旁的刀子上，也有着动人的美。”意识到这种美，就是我的理想生活。

Part 2

每个人都有自己的过往和记忆

平时它们被锁闭和封存

在时间漫长的流逝中经历着变形和磨损

FERVENTLY

WISH YOUR JOURNEY

MAY BE LONG

清贫之木

每年春节回家，都会去一趟东湖梅园，看望一株八百年的梅树。这棵树长在一个土坡上，树体并不高大，也不粗壮，却枝干遒劲，疏影横斜。最最好看的，是它苍劲黝黑的枝干上，会偶尔支棱出一小截青嫩的新枝，缀上几朵粉嫩薄透的梅花，像是一张老脸上开出一口亮白的牙，活脱一个老妖精。每到这个时候就想，人和树真是不一样，人一老就摧枯拉朽节节败退，可多老的树，都可以老树新芽，一岁枯荣。

树的这种生命感，无时不影响着我们对这个世界的感知。几个月前在北京看过一个艺术展“半木实践”，展示了艺术家吕永中十多年来设计的一些概念性家具。作为建筑师，吕永中以前多用金属和石料做设计，直到有一天他坐在一张舒适的木椅上，突然意识到，“我双手触摸的是生命啊”，从此他的设计材料全部改用木头。

木头在我们的意识里代表着生长、延续等概念，体现了自然的特质和意志。这些年，中国人信奉成功文化，追求一种“满”的状态，一种竭尽所能和效率的极致。而在吕永中的思想里，“半”相对于“满”是一种收敛，留有余地，虽非完满但是平衡。木头作为材料，朴实温存，没有炫耀之心和自我之念，正是表达这种生活哲学最贴切的媒介。在吕永中眼里，木头谦逊诚实，代表了东方文化的某种东西，只有木头，才能让每一件家具抵达他心目中的“中国本质”：一面空灵，一面扎实。

布、皮、纸、瓷、陶、金属，在众多生活材料中，木头是少有的兼备坚固性与温和触感的物质。西方人造房子多用石头，我们老祖宗多用木头。当一间房子造成，你备好盆、碗、勺、家具、饰品、植物，木制的物件就包围着我们。你触摸每一件物品，哪怕只是看，其材质都会影响到我们的生活体验。

日本人把遍布日常生活中的杂物和器具统称“杂器”，并称杂器要有正直的“德性”—— 所谓德性，就是器物的实用、坚固、诚实与服务之心。不具备真正的德性，就不能说是理想之器。每件器物蕴藏有其特殊的质地、温度、触感和气息，而木头的忍耐、健全、忠诚、平易，构成了木头的器物之心。

我抽屉里一直保存着一个木质经盒，那是很多年前去藏区，路过甘孜道孚县，在一座寺庙里，向一个老僧人求得的。这经盒一尺半长，取材于高寒山地上生长了数百年的桦木，由两半圆木相合构成，两半圆木间由牦牛皮割制的皮带穿连。古木硬似铁。因年代久远，盒子上有被油渍固化的污迹，还刻有福颂经文和本教的雍仲符号。经盒在藏人家中常见，是装载经书的工具，寓意信仰与教化的传承。很多藏人从小就背着筒盒四处游走，诵经游牧，直到老死。

僧人说，这经盒由他祖辈传下来，应该有两三百年的历史了。看着这造型简单、做工粗拙的木盒，不知它经历了多少风雪沙石的抽打，多少人的加持抚弄。就是这么一个桦木经盒，也许承载了一个普通藏人家族几代人的宗教生活。信仰者的生活也是牺牲的生活，要用一生来伺奉。那伺奉人或伺奉神的姿态，也能在一些器物上看到，比如眼前这个桦木经盒，既是现实的，又有超越现实的美和神性，这是多么奇妙的呈现。我想，没有什么材质，比木头更能表现这种生命和信仰传承的生生不息了。

近些年，谈起木头，我们听到最多的是黄花梨。这种木材密度大，质地坚硬，含油量高，纹理如行云流水，经蜡烫后呈暗橙黄色，淡淡花纹，暗暗清香，自是佳木。但这等材质，因为稀少，已被现代人当作财富和奢华的标志，又让人觉得疏远。自己人穷志短是一个原因，但昂贵奢华确实也不是我衡量一方佳木的维度。相反，木头的本质是朴实平易的，它几乎是最早与人相伴的物材，数千年里与人相依，享有“清贫之德”。“已识乾坤大，犹怜草木青”，不管一个人成就多大的伟业，面对草木，都应该怀抱平实的尊崇和敬意，因为在众多材质中，只有木头，会让人联想到生命，感觉到温度，让人心软。心软是非常重要的事，弘一法师说，修行就是修柔修软。

前几年去云南，在思茅镇的原始森林里看到一片野生古茶树，最大一株高二十五米，胸径九十厘米，树龄两千七百年，被称为“树王”。时间上推算，这棵树生于春秋初期，它的诞生，比儒释道三家创始人还早。“合抱之木，生于毫末”，两千七百年前，是哪一阵风，把哪一粒种子吹拂到这里，从此开始了两千七百年的漫长生长？如今的树王气宇非凡，冠盖如云，可我还是暗想，一块木头的生成，究竟蕴藏着什么呢？种子生根，泥土喂养，经历春夏秋冬的气温和湿度，躲过无数天灾、兽害和人祸；穿行而过的风，飘然而至的雨，人的锄禾耕作，鸟的筑巢歇息，还有一代又一代人在树荫遮蔽下的生老病死爱恨情仇……所有这些，依傍着漫长的时日，凝聚在一块木头里。拥有它，就是神恩，就是福祉。

护身符

Segev将军在以色列是个传奇人物，曾经做过以色列前总理沙龙的警卫队长。可我们见到他的时候，他已经是个只能坐在轮椅里浇花的老人。那天在他家，看到桌上的镜框里，慎重地装裱着一小块薄薄的金属碎片，就听他讲起六十年前，参加第二次中东战争时的一个故事。

少年时代，跟许多犹太同龄人一样，Segev脖子上也挂着一条金链，上面坠着受洗的十字架，这是母亲保佑他平安的护身符。1956年，他在以色列部队服役，同埃及军队争夺苏伊士运河。一次战斗中，Segev觉得这个护身符与绿色军服不协调，就用块布将它包裹起来，放在一个饼干桶里，塞到背包最下面。小队五个人，坦克空间有限，就把背包挂在外面的炮塔上。这时，埃及士兵发来一枚反坦克导弹。Segev眼见导弹飞过来，击中了背包，背包被瞬间炸得粉碎。正是这个背包挡了一下，导弹没有击穿坦克装甲，保护了他们五个兄弟的性命。事后他在附近掘地三尺，怎么也找不到那个饼干桶，唯一的遗迹就是这块金属碎片，“我的护身符完成了它的使命，彻底消失了”。将军至今缅怀：“直到今天，我还在想念它。”

六十年过去，将军依然念念不忘那个陪伴他少年时代的十字架，并因着一次战争中的神奇遭遇，赋予它换取自己生命的神奇能力。六十年里，多少人和事都过去了，但那一小块金属残片却被视作珍宝，继续护佑着将军的晚年。

我们的生活由无数关系构成——与亲人朋友、与家园、与动植物、与不计其数的物件，这些关系的总和，构成了我们的人生。护身符或许就是物我之间这一神秘关系的链接。我书房里一直存放着一尾六十厘米长的羽毛，多少年了还锃亮如新。十多年前，一个朋友从成都徒步去拉萨，翻越五千多米高的贡嘎山，有一段路，他接连三四天一个人一只鸟都没看见，寂寞疯了。直到一天转到一个山头，在一堆玛尼石旁看到一只风干的秃鹫遗体，“山风中，看见白绒绒的尾毛无声地飘浮，我都要哭了”。他当即拾了一根，揣进怀里，带到拉萨，又带回北京。“搁你这儿吧，我到处跑的人，怕丢了。但愿我八十岁的时候还能看到它。”

人生漫长，人生险恶，活得越久，就越知道平安和福分的来之不易。在很多时候，面对生活的无望和不测，我们都需要少许法力，消除恐惧、驱散恶魔，这就是护身符的意义。它也许是一个金属或木制的物件、一件瓷器，或者就是路边一块平淡无奇的石头、一片羽毛、一枝植物标本，总之是我们愿意赋予它超能量的物件。它可大可小，可贵可贱，可以压在箱底，也可以供奉案头，可以肯定的是，它能带给我们幸运，唤起各种美好的回忆、愿望、承诺和预兆。

护身宝物、魔法项链、吉祥坠饰……自远古时代，人们就喜欢佩戴具有灵性的物件，在其中注入他们的信念、依赖、最亲密的情感，同时抵御不可预知的危险。人类最早的护身符采自天然，没有任何加持，可能是一块彩色的石头，也可能是动物的牙齿、树根、龟壳、穿孔的兽角。人们总是把优美、稀有和灵力联系在一起，护身符就完成了这样的集合。很多年前，有次在罗马一家博物馆，看到描写古代战场的名作《垂死的高卢人》，参战双方打仗时不着寸缕，仅在脖子上戴一个金属项圈，做盔甲和盾牌，也是护身符。

在世界各地，护身饰品总是被赋予各种灵力。材质的稀有纯正，装饰精美，内在自我和宇宙之力的融合，都是这种灵力的体现。在非洲，各种材质锻造或雕刻的动物项坠总是护身饰品的首选；伊斯兰国家最看重名贵的宝石和珍珠；在中国，发髻和腰带多用玉石制成，上面还雕刻有庇护性质的装饰纹样；在印度，每一种宝石都对应占星术中的一个星座或是星球……无论在哪里，以名贵的材质，将生命中的深情和信念，淬炼成最光灿的形象，就是名副其实的护身宝物。

上个月在成都，看“卡地亚典藏珍品”展，有个展品过目难忘。那是一条由二十七颗珍贵的顶级翡翠珠串成的项链，颗颗色泽饱满，浑圆剔透，品质与尺寸非常罕见，而且这些翡翠珠均出于同一块原石，堪称极品。这串项链出自十八世纪中国手工艺匠人，辗转流连，两百年后，1934年，被一个美国富豪作为结婚礼品，赠送给其女芭芭拉·赫顿。

芭芭拉·赫顿是二十世纪三十年代美国社会家喻户晓的一代妖女。五岁时就继承了亿万美元遗产，是个美人儿，还难得兼备单纯和深情。她为爱情不惜耗费巨资，七次婚变，经历了赌棍、性虐待狂、同性恋、爱情骗子的利用、玩弄甚至强奸，后来精神迷醉，酗酒、吸毒，与喜欢她或者图谋她钱财的每一个男人一梦春宵。直到晚年，失去唯一的爱子，也不复再有爱情的梦想，死的时候银行里只剩下三百美元……

当初她父亲花费巨资，将那串翡翠珠项链作为护身法宝，赠予其作为结婚礼物的时候，肯定没有料想到这一结局。许多人站在这件价值连城的护身珠宝前，对芭芭拉生命终结时的贫寒唏嘘再三。我却觉得挺好，她把自己的每一份财产用来兑换生前快乐的人生，比那些将万贯家产带进坟墓的富豪们值太多了，只是遗憾还有三百美元没有用完。从这个意义上说，这串翡翠珠的护身宝物还是给了芭芭拉不错的指引和护佑。

也许，真正重要的并不是魔符本身，而是它陪伴我们一起走过的道路，寻求愿望实现的过程。有了它，我们就没那么孤独，通过魔法和神力，与自己的希望、亲族和同类彼此关联。

既然如此神奇，是具有治愈力量的魔法物品，护身符就一定有穿越时空、抵达现代的能力。《一千零一夜》讲述了一个贫穷小男孩冒险的故事，经历一系列不凡的境遇，他得到了一盏阿拉丁神灯，擦一下就会出现一个精灵，实现人的任何愿望——这是不是有点儿像我们现在人手一部的触屏智能手机？和阿拉丁神灯一样，你只要轻轻一摁，想要什么就来什么，从今日要闻、地图向导、餐饮外卖，到卡路里计算、视频会议、隔空约炮，智能手机成了人类有史以来被最广泛佩戴并时刻膜拜的护身符。

护身符开启了一个由神秘的符号、信仰和阐释构成的世界。一件护身符总是因它的形象、材质、造型，以及所承载的过往和期盼，被赋予魔力。它保护我们免受惊疑，安抚我们对未知的恐惧。它见证了曾经跋涉的长远山水，预言有待奔袭的未来旅程。它也许就是与我们共存于世的另一个自己。

吃茶去!

不知道那天下午是不是也这么冷。听说朋友要送来明前新茶，唐人怀素不由兴起，唤小童净炉燃香，烧水煮茶，自己则取出笔墨，飞舞腾挪，片刻写下几个字：“苦笋及茗异常佳，乃可径来，怀素上”。

短短十四个字，便条而已，千年来却成为字字珠玑的稀世珍宝。除了瘦劲纵拔、奔流直下的书法，这方长二十五厘米、宽十二厘米的便笺，也是现存最早与茶有关的佛门手札。它显示在唐代社会，茶事已经成为朋友之间修行和交往的常规礼仪。

前不久，跟我们编辑去了一趟杭州龙井，住在杨梅岭一幢民居改建的私人会所里。当年怀素写的便条《苦笋帖》据说就出自附近。江南清明，已经是“古苔浸竹色，新雨沐山光”的时节，屋外冷雨纷纷，室内热气腾腾，就着壁炉旺火，杭州“和茶”老板庞先生为我们泡上了3月28日采摘的狮峰山龙井：“好茶园要聚得起气，摊开就散了。一望无际的茶园一定没有好茶。狮峰山地形好，你们品品这个，真正的幽谷兰香。”

庞老师非常专业地先用热水温杯，放进干茶，闻香，然后沿杯壁切线方向注水，让茶叶旋转。“这就叫‘沏’，”她说，“不要倾倒，那样会伤到茶的肌肤，‘沏’才可令茶香弥久。”

庞老师面色沉静专注，白皙丰满的手指在杯壶茶器间辗转，不一会儿，一杯汤色清淡、暗香流连的狮峰龙井就端到我们面前：“一个女子，你不进她闺房就没法认识她，喝茶最好去原产地。古人说喝茶必须住进寺院，把生命的这段时间交给它，才能安心。所以有种说法，禅茶是最好的茶，你喝的不是茶的味道，是天地的味道，是你的味道。”

庞老师这样说的时候，神色素敬，容不得轻慢或是怀疑，充满礼仪感。确实，中国文化里，酒可以饮，茶和书画一样，是要品的。茶的浓淡，水的温度和质地，采摘时间，哪座山头哪棵树，当时的天气，喝茶时的心情，和谁一起喝，都让茶的味道不一样。

茶无法，没有定规。喝茶不只是解渴，更是修身和静心。有点像中国画，讲究澄怀观道：若要观道，你必须先沉静自己的胸怀。宁静致远，静不是目的，目的是远，是过去和未来。道在远方，茶就是远，茶的滋味要上接千载，跟苏东坡跟陆羽发生关系，远离当下，才能得到正见。

诚实地说，以我粗鄙的心性，茶不过就是树叶一种，喝茶就是烤干了煮，煮过了喝。在98%的时间里，茶就是茶。但偶然天眼开启，我也会迷恋茶的另外2%。“坐酌泠泠水，看煎瑟瑟尘。

无由持一碗，寄与爱茶人。”那是融汇在清汤寡水里的茶道。

日本茶圣千利休把茶道归结为“和、敬、清、寂”四个字。所谓和，即谦和，顺从人与自然；敬，就是要有敬人与事的心，切勿自持；清，表示茶具和人心的清洁；寂，就是内心的明澈和静寂。简单四个字，根深叶茂，冷暖自知。

去年在日本京都，清水寺旁，我发现了一家叫“朝日堂”的茶具作坊，店里佛香暗袭，和乐弥漫，陈列有几百件手工制作的茶壶，以及碗、盘、盒、瓶。巡视一番，看中一个茶碗，墨绿色的黑釉，墨线描以竹、兰、山石，古朴生涩，看得出是素烧后多次上釉，再入窑烧成。其器形天然，规避了均匀、规则、圆滑、雕琢等弊病，一看就是手工捏制，简素古拙。整个茶器掌握大小，器壁厚重，制作粗朴，给人温厚敦实之感。水为茶之母，器为茶之父，千利休觉得好的茶具应具备“量感、力感、净感”，这只茶碗一一应和，宛若天成。上百件茶器中一眼看到它，一见钟情，无法挪步，尽管很贵，犹豫再三，最后还是狠心拿下。我告诉自己，买的不是茶碗，是天道，是缘分。

禅宗里有桩公案，几成语录：一日，有僧人到赵州，赵州和尚问：来过么？曰：来过。赵州曰：吃茶去。又问一僧，来过么？僧曰：没来过。赵州曰：吃茶去。旁边有人问：为什么来过的吃茶去，没来过的也吃茶去？赵州和尚劈头道：吃茶去！

禅宗一向鄙视语言，有些话，无论用什么语言，说出来，都成了废话，只好憋到发疯或开悟。青山无墨千岁画，流水无弦万古琴，一如禅茶，千年来一叶飘零，无数人引颈仰望，多少宏论，也只是饶舌。赵朴初先生题词:“七碗受至味，一壶得真趣。空持百千偈，不如吃茶去。”说得漂亮。大道至简，心下会意，我们吃茶去!

山水

朋友送礼物，给出几个选项，我挑了一幅“元四家”之一倪瓒的《容膝斋图》。这幅图的真迹2009年在台北故宫见过，纸本水墨，典型的近、中、远三景构图：近处平坡茅亭，上植树木数棵；远处云山数叠；近景与远景之间的过渡部分则为空白，不着一墨，是为湖水。这便是“逸笔草草”的倪瓒，与王蒙的“繁”“密”相比，倪的简淡超逸更得我心。

礼物到手，已是两个月后。坐在对面，听朋友聊起这画品得来的经过。

在我选定这幅古画后，朋友多方打听，得知在所有古画复制版本中，日本二玄社的印制版最为精良，尺寸、色调、纸绢质地以及笔触、用墨、古旧感，最近古画神韵。而且，二十世纪八十年代，二玄社复制过一批台北故宫藏品，其中就有倪瓒的《容膝斋图》。但因合约限制，印制不多，流入市场非常少。接下来一通打探，朋友最后从上海一藏家手里淘得一幅。

拿到手后，发现是日本装裱，边框逼仄，朋友觉得不够大气，通过一字画拍卖界友人介绍，找到北京琉璃厂一家作坊，重新装裱。裱画派分南北，北派富丽，南派文气。经朋友监制，最后重新装裱出来的《容膝斋图》做工考究，设色淡雅。

这还没完。为了让礼物有最好的呈现，朋友选一段红木做卷轴头，又去大栅栏的百年老店瑞蚨祥，量一块深蓝万字花纹绸缎做裹画的包卷，同时购得丝线紧密、色泽素雅的七色宋锦，做一副函套，再配以精心选择的绢带，捆扎画轴。这样，一幅装裱完善，可作为礼物的古画算是完成了。

然后，在这个五六级北风的大风天，朋友顶着北京下班高峰拥堵的人流，穿行十数公里，从城北到城南，赶去琉璃厂，在作坊六点下班前拿到装裱好的画，再送到我这里——听到这里，心里已满是感激和愧疚。朋友淡淡地说：是很折腾，不过准备这幅画的整个过程还蛮开心的。好久没有这样只是因为喜欢，就非常缓慢、全心全意地去做一件事情了。

这句话一下点亮了我。朋友的情谊，在这件事中退居其次，比之更重的，是他在这个过程中所体会到的沉浸和喜悦。朋友心性简淡，唯求清欢，平时喜欢摆弄一些茶和瓷器，再加上老是游离走神、云淡风轻的样子，有时候会觉得他是一个生错了时代的古人。却也正是这一点，更为动人。在这个精于计算的效率时代，他身上的古拙、执拗，对世事淡然和重情谊，何尝不是中国古画里那种气韵和精神在血脉上的延续？

山水画挂在墙上是艺术，离开水墨便是人生。中国山水绵延千年，其水墨容颜、品性和气象，怎样传达和滋养着我们的审美和心性，难以言说，只能高山仰止。去年在中国美术馆看过山水画家李华弌的水墨展，“心印与象外”。他的画恢宏、肃穆，承接了宋式高古山水的磅礴和典雅，移步画间，能感受到山水无言的静默与神性。

中国山水到宋朝，已臻巅峰。宋山水开门见山，堂堂正正，断没有后来明清的矫揉花哨，枝繁叶茂。宋瓷摒弃唐时三彩，崇尚单色釉，那气魄是从青铜器里出来的。中国山水在宋前后都是风景，只有在宋朝，成为天地。在李华弌眼里，宋山水已不仅是一种画法，而是文化，是中国人的精神境界。

后来有机会与李华弌在他家小聚。非常意外，他没有向我展示他的巨幅画作，而是津津乐道地向我介绍他自行装裱小幅扇面作品的过程。国画装裱在中国已经有一千五百年历史，是一项冗长枯琐，同时又标准严苛的技术活儿，画家一般都把作品交与专门的技术工人，或机械装裱。但李华弌喜欢自己来，从煮糨、调糨开始，托底、修补、刷糨、晒晾，兢兢业业。他家的一间屋子里，堆满了各种型号的棕扫、排笔扫、锥针和镊子、剪刀、胶水、条木、手锯、磨石，像个车间。“跟绘画一样，做这些事我能进入一种精神状态，平静，忘我，在旁人看来还有点孤独，但内心是喜悦。”李华弌说，“下决心去做一件简单的事，就是修炼，这就是中国山水教给我的。”

“含道应物，澄怀味象”，中国水墨山水是中国人面对自然的觉悟。人们在千秋永立的山川面前，体悟到萧瑟空寂与静穆平和，在咫尺天涯的山水画中，投寄可望、可行、可游、可居的自然理想，以及不与暴政同流的隐趣。山水是中国审美文化和世俗生活的诗篇，是中国人内心的情感慰藉。

中国人惯有以山为德，以水为性的修为意识。“看油画应该喝咖啡，看我的画最好喝茶。”谈到水墨，李华弌说，“西洋媒材的艺术作品，如同太阳一样光辉灿烂，震撼人心，而中国的水墨艺术，则如同月光，平静微妙，让人在安详沉思中吸取能量。”李华弌的山水比宋时山水更加简单、抽象，没有亭阁，没有人，有的只是峭壁危岩，满纸烟云……每天好多个小时，每年好多天，“披图幽对，坐究四荒”，他以一个人的静默，面对那些巨大的水墨山川，可以想象是怎样的一种能量交换。明代书画家董其昌说，如果我们懂得了水墨的力量，就知道画中的山水，已经不是真正的山水。那山水是什么呢？也许就是中国人天人合一的哲学，是中国人的生活本身。

天香

年纪一大，视觉和听力都在减退，看书越拿越远，对听到的声音也将信将疑。在很多事情你想得越来越清楚的时候，看到的世界却越来越模糊。所以说，心明和眼亮是不可能同时发生的事，人在眼亮的时候，心里多半还糊涂着。

可这个时候，嗅觉却敏感起来。这种敏感不是简单地闻到，而是摄取，是追根溯源，跟你的情感和记忆发生关系。如果说，视觉和听觉像年轻人，五颜六色，信息多，电闪雷劈，刺激凶猛；嗅觉则像个相对安静的中老年，摄取的信息有限，但入心入肺，深刻绵长。

这几年，习惯每年初秋去杭州待几天。去杭州是为了桂花，总觉得只有在杭州，在那不期而至，一风一浪的暗香里，才能真正感受到又一个秋天到来。可今年扫兴，到杭州的时间，正是两季桂花中间的闭合期，在安缦法云的那个山谷里来来回回，没有一丝桂香。我是多么热爱这个山谷、这个酒店，可没有桂花的法云山谷，像被抽去了魂魄，了无生气。小说《香水》里，嗅觉神人格雷诺耶找不到罗拉，丢失了她身体的香味，于是整个城市“像成千上万条线织起来的面纱里，缺少了一根金线”，没有桂香的杭州城，也没有了那根金线，神色黯然。最后只待了两天，悻悻离开，好沮丧，像错失了整个秋天。

没有想到桂花对此行影响这么大，毁了好几天的情绪。越来越敏感的嗅觉也越来越挑剔。桂花连着我对植物最早的记忆，连接着我童年的乡村生活，和大学时代有百株桂树的校园。每年初秋，正是桂花时节，南方多雨，雨后总有浓郁而盛大的桂花香。“叶密千层绿，花开万点黄”，那种苦凉的草香，类似一种鼻尖靠近玻璃时冰凉的味道，让人想拥抱。一种味道，能让你在不经意间穿越时空，回到过去的某种情感和记忆，回到那一刻的时间和地点，这种人与记忆相遇的时刻让人迷恋。嗅觉和记忆是人到中年的两杯茶，开始散发出酽然的醇香，也算是岁月的馈赠。

看过一部纪录片：一个美国人，在英国长大，上岁数后，怀念“老式英国的味道”，希望足不出户能回到故园和童年。他请来调香师，希望能配制出一款“老式英国味”的香水。

调香师Brosuis为此专程前往英国一个月，搜寻 “老式英国的味道”：陈年烟斗，鹅卵石，沾过泥水的呢子大衣，军服放在老箱子里六十年后拿出来后的尘封味，老书店里泛着潮味的书，书籍装订处胶水粘合着伦敦雾气的清凉，还有烟雾弥漫的小酒吧里苏格兰威士忌混合雪茄的味道，被麦秸秆和木箱包裹过的瓷器味道……调香师将这些味道收集在一张张试香片上，带回纽约，根据客人的记忆，调配出准确的比例和浓淡，一款勾人魂魄的“老式英国味道”扑鼻而来。

气味通向人的记忆之门，尘封已久的往事，可能在某天被一种细微的味道唤醒，这是人生的美妙时刻。而且，和视觉听觉相比，嗅觉显得更加微妙私密，它在沉默中发生，完全属于你一个人，无论代表欢欣、黑暗还是亲密。

嗅觉上对我有启发意义的还有一个人， Jian Claude Ellena，爱马仕集团的御用调香师。Ellena过着隐士般的生活，长年与海风为伴。我去过他位于法国南部海边的实验室。“我喜欢独处，只喜欢与思想为伴。”听上去这不像是一位调香师说的话，“现在调制香水，需要注入更多的哲学，需要更多的精神力量。”Ellena喜欢法国画家塞尚和马蒂斯的作品，喜欢抽象的东西，“我从不描绘现实世界，因为我根本不在乎真实世界”。

Ellena从来不接受香水定制订单，因为他靠灵感调试香水，有了就有了，没有就没有。“很少有人具备真正的嗅觉。”Ellena的鼻子因高傲显得格外挑剔，他不跟我谈香水，只谈颜色。他指着墙上一幅马蒂斯的抽象作品说：“香水可以类比颜色，这是红，暗红，暗淡而温暖，这可能就是我下一个产品所要达到的。”除了颜色，香水还被他赋予质感。走到窗前，他用手抚摸着铝合金框，鼻子轻微翕动，“冰冷和光滑，我调制香水的时候会想到它。”这时候他更像个诗人。

Ellena与世隔绝般的生活保证了他的纯粹，更多的人却没有那么幸运，他们每天都生活在Ellena根本不在乎的现实世界里。

香水这个词，从拉丁文“per fumum”衍生而来，意思是“穿透烟雾”。走在PM2.5值经常爆表的北京城里，我有时候会想，那些经过调香师精心调制，悬浮在酒精中的香精分子，究竟有没有能力战胜这些粗鄙但却强壮的微颗粒物，散发出它们自身的美和优雅呢？这越来越是个问题。

小说家聚斯金德在《香水》里说：“人可以在伟大之前、在恐惧之前、在美之前闭上眼睛，可以不倾听美妙的旋律或诱骗的言词，却不能逃避味道，因为味道和呼吸同在，人若不死就有嗅觉。”既然如此，守护好我们的嗅觉世界，珍惜并享用它，就成了我们的天命。

从小到大，婴儿肌肤的气味，爽身粉的气味，母乳的气味，汗渍的气味，爱人的气味，头发的气味，冰雪的气味，晨风的气味，夏天黄昏被暴雨倾砸过还冒着蒸汽的泥土的气味，熨斗抚平绸缎的气味，被太阳晒过的棉被蓬松的气味，刚刚拔下的红酒瓶软木塞的气味，喝过第一泡普洱后茶杯干爽温热的气味，石头上长满阴湿苔藓的气味，被遗忘多年纸张已经发黄发脆的老书的气味，菜市场早市时令菜叶鲜嫩的气味，老家居店里暗沉又温暖的岁月的气味……这些都像密布的星辰，散落在我们漫长人生的夜里，发出微弱却温暖的光。

诚如Ellena所言，现代香水至少在概念上，越来越喜欢探究人生哲理。CK曾在八十年代末推出一个香水三部曲：迷惑（Obsession）、永恒（Eternity）及逃逸（Escape）。那是用嗅觉宣示一种人生态度：从沉迷走向大彻大悟。

看得见风景的房间

66号公路走到犹他州南部靠近亚利桑那州边界一个叫Canyon Point的地方，右拐进一条荒僻的小路，曲里拐弯又走了二十分钟，一片干涸的砂石地里，远远看去，像是在黄沙里掩埋了几块巨石，心想，安缦到了。

尽管对安缦有期待，还是奇怪能在这荒郊野地玩出什么花样来。走近酒店犹如走进集中营，如果极端点儿，安缦应该在酒店周边戳上一圈铁丝网，前台就设在岗楼上，和入住的客人玩角色扮演。

入住后，这个疑虑被房间的一面墙解开。说是墙，其实就是一整块玻璃。因为房间面对荒地，这面墙就没有任何遮拦，一扫一般酒店周边绿植环绕的幽闭感，安缦让你直接看到窗外的飞沙走石，大漠余晖。

从落地大窗望出去，大阶梯-埃斯卡兰特国家保护区里广阔的沙漠就在眼前，经过上亿年风化而成的巨大层状岩石令人惊叹，大峡谷在不远处。躲藏在舒适安全的客房里，静静体会大自然亿万年沧海桑田后残留的地质遗迹，真觉得三生有幸。在这个凡事争分夺秒的时代，人很少有机会能以亿万年为单位想事儿，这是多么空虚又奢侈的体验。大阶梯安缦最不同凡响的价值，就是眼前的这一扇窗了。

一扇视野开阔的窗对获取一次难忘的酒店体验太重要了。一扇窗能引导一个封闭的空间向外扩展，最后扩展的不只是空间，还包括视野、光线、流动的空气，以及温度、材料的色彩和尺度，甚而还有内和外、历史与现实。我们旅行，多为景点操心，容易忽略酒店，忽略酒店里的那扇窗，以为酒店只是用来睡觉的，太错了。

有一年去伊斯坦布尔，入住凯宾斯基。酒店前身是齐拉冈皇宫，濒临博斯普鲁斯海峡，它是最后一位土耳其帝王居住的宫殿。住这样的酒店，体验它古老恢宏的同时，也会感受到因百年衰败带来的阴鸷压抑。

到酒店凌晨五点，入住事先预订的房间。在一个逼仄的转角，窗户不足两平米，窗外是一圈内置通道和一堵上不见顶的白墙，心情一下就低落了，睡在这样的房间堵得慌，简直无法对明天抱有希望，睡过去了就不想醒来。电话到前台，得知多付九十欧元可以置换一间面向海峡的房间，毅然叫来侍应生换房。

这是一个无比正确的决定。新房间有一扇开阔的窗，拉开窗帘，窗外就是博斯普鲁斯海峡。早七点，晨光微显，海峡上浮动一层白雾，灰白的天光从紫黑色的云层间透现，天空低而辽阔；

船坞和笛鸣在雾的缝隙间隐现，横跨欧亚大陆的博斯普鲁斯大桥在远处影影绰绰，隔着窄窄的海，欧洲还在亚洲的遥望中安睡。

很难想象千百年来，这道逼仄的海峡，大多数时间都是刀光剑影炮声隆隆，经历了无数次轮回的繁盛和毁灭，从古希腊时期的移民城市拜占庭，到罗马帝国分裂后的首都君士坦丁堡，再到十五世纪土耳其人将其攻陷，改名伊斯坦布尔，战乱和融合，这是一个浓缩了拜占庭、波斯和伊斯兰三种文化精华的城市……两千多年的跨幅突然摆在面前——所谓历史，有时候就是一个这样的清晨。当然，前提是有一扇能看得见它的窗。

现代酒店，就内务、硬件设施而言，同一级别的差别不会太大，服务也大多周到温暖，乃至有些烦琐累人。选择酒店，最大的附加值不在内里，而在选择一个什么样的房间，选择一扇看得见风景的窗。

年前康泰纳仕全球国际部在德国开会，驻会酒店是久负盛名的柏林阿德隆酒店。这家百年酒店入住过卓别林、海明威、杰克逊、赫本、麦当娜、克林顿和赵本山……数不尽的一代风流，经历两次世界大战的炮火，演绎过横跨百年的无数传奇。不过这些跟我关系不大，忍不住炫耀的是，以我狗屎运的人品，被会议安排在酒店四楼转角的一个套房，这房间，窗、门、连带转角阳台，以一百度视角齐齐对准德意志伟大的标志性建筑——勃兰登堡门，目测距离还不到两百米。

在德国历史上，勃兰登堡门具有无可替代的地位。两百多年前，普鲁士王国统一德意志帝国修建此门，象征着王朝崛起和德意志帝国的兴衰。第二次世界大战德国战败后，分裂为东德和西德，勃兰登堡门位于东柏林和西柏林的分界线上，和柏林墙一起，成为冷战时期德国分裂、欧洲分裂的象征。

以前作为游客，穿行过勃兰登堡门，乱哄哄完全没有感觉。这次住阿德隆，得以在一个午夜，静静观赏它。深夜，勃兰登堡门早已人迹散尽，天清气朗，在欧洲，多深的夜也有种清醒着的蓝。从酒店阳台上望过去，寒夜里，勃兰登堡门灯饰璀璨，也显得更加落寞，像一出百年大戏空旷的舞台背景。世间万物，一旦安静，它的美感和意味就会更加强烈。勃兰登堡门在这样的夜里才现出真身，那是一扇两百年里，见证了太多战争和死亡、分裂和融合的历史之门，此刻几乎可以听到隔空而来的历史回声——1987年6月12日，美国总统里根在这里发表演说："戈尔巴乔夫总书记，如果你要寻求和平，如果你要为苏联和东欧寻求繁荣，如果你要寻求自由，就到这扇门来吧！戈尔巴乔夫先生，拆除这堵墙！打开这扇门！"

门被打开。二十世纪世界史最重要的历史事件就发生在这扇门下，有幸阿德隆酒店给了我一扇窗，能在午夜时分和它对望……这就是空间的时间性，一扇窗，它帮你完成了时间的位移，从历史到现实，时间成为空间的一部分。

一间看得见风景的客房对我们是如此重要：不同于行走中，那时候你兴奋或是疲惫，纷乱无定，走马观花，只有在酒店，你才有机会长时间安静地去感受一个陌生的景观和空间，手上有书，几上有茶，气定神闲地去体会你到达的陌生之地。

上海半岛也是我很喜欢的一家酒店，带有浓厚的旧时代感，还有点儿隐秘和艳情的气息。它光影幽暗，走道逼仄，像一个心事重重又孤单脆弱的男人，纵使享有千般呵护也无法高兴。十里洋场几度殇，这可能就是旧上海的味道。

在半岛，印象最深的是一次从房间看到的上海。三月，南方阴雨连绵，湿冷，从客房一扇大窗望出去，黄浦江水宽敞呜咽，不舍昼夜，浦东标志性的建筑群落掩映在迷茫烟雨中，像一块灰色的幕布从天而降，整个画面弥漫着寂静的铁灰色，那是一种独特的光线，吸收所有的色彩，捕捉上海的本质。肃穆、静默，这种独特气质转变为华丽又清冷的情绪，同时也唤起人的深度省思和微茫。这是一幅标志性的上海图景，这是在岁月流逝中悲欣交集的上海。好多年过去了，这始终是我印象最深刻的上海。

美国建筑师盖里五十岁以前做商业建筑，之后转型。第一次转型来自自家私宅，他自述了一个瞬间："我一直不觉得我的房子已经完成了，直到有一天，我在厕所里刮胡子，觉得厕所里应该有一道光，于是就拿一把榔头把屋角给破了，顿时一道光进来，房子终于完成了。"—— 那道光多么重要！出门旅行住酒店，不管花多大价钱，请慷慨、任性地给自己预订一扇能看得见风景的窗。

钢的琴

都感觉不到他什么时候上台，一身黑色绒布套衫，平底布鞋，落座，低头，其实不过片刻，我却觉得好长。待他手落声起，就一个音，一滴水融进了深渊，又像一声叹息。

傅聪在北京的音乐会。一首《马祖卡》。从没有听过这么安静的演奏，一个近八十岁的老人，已经不可能用身体来表达音乐的情绪了。他俯身琴上，手指在键盘上细微地挪动，琴声像是摸出来的，身体几近静止，音律却平静地起伏，像是这架琴在自然地呼吸。

1955年波兰华沙的肖邦国际钢琴比赛，傅聪也弹过《马祖卡》，拿到第三名。那是中国人第一次参加国际钢琴比赛。评委对傅聪的评价是："精致，微妙，有意境。一个中国人，创造了真正《马祖卡》的表达风格。"当时傅聪还是一个二十一岁的青年。很遗憾没有听过当时的录音，跟现在一比，我好奇六十年的时光，会给傅聪的《马祖卡》带来什么样的变化。

那届肖邦赛还有一位俄国钢琴家，现在也是大师，阿什肯纳齐，当时也是二十出头的年轻人。1994年我在北京听过他的演奏。那次遭遇很奇妙。阿什肯纳齐第一次来中国，一票难求。因为没票，下午就被朋友带进了北京音乐厅，藏在二楼后排，准备一直待到晚上。音乐厅内没一个人，又困又无聊，躺在座椅上睡着了。突然间有琴声，睁眼一看，幽暗的空间里，远远的，台上一柱追光，一老头儿在一台巨大的施坦威琴上调音，间或来一小段肖邦的练习曲。天，那不是阿什肯纳齐吗？因为没人，音乐厅像一个巨大的音箱，强音饱满，弱音清晰，流动性也好，每个音都像在为我一个人演奏。没有比那时更好的时刻了，尤其是那段“黑键”，虽不完整，只是零零碎碎的几句，但每个音都玲珑脆崩，以最准确的声响跑进我的耳朵。多年以后再想，经过记忆的夸张，我觉得再也没有听过那么完美的钢琴声音了。

对古典音乐我是个门外汉。两三百年来，灿若繁星的作曲家、演奏家，各种流派和版本，构成了一个音乐世界的汪洋大海，自认缺乏进入它的慧心和勇气。但是钢琴不一样，尽管也是乐思浩瀚，大师云集，但这种乐器本身，在根本上温厚宁静，同时又能以最接近交响乐的方式演奏，左右手，伴奏和主奏各得其所，宽广的音域，几乎能胜任所有的乐曲。它有乐队效果，却是一个人操作，能最大限度呈现一个私密意象里的丰富性。

多年前，有次去丽江。飞机到昆明已经半夜，不想在昆明过夜，只好挤上一辆夜发丽江的客运大巴。满是人，一上车就被车上污浊的气味熏倒了，宁愿找个小角落坐一夜，也不想躺在我那张已经分不出床单颜色的卧铺上。车行半个小时，进了山区，车窗开条缝，有山风进来。那时最盛行的音响设备是Walkman，摸黑掏出，塞进一盘卡带，插上耳机，一段钢琴仙风一样，随着山里清新的空气扑面而来。那是肖邦的夜曲。

大巴在深夜的山路上慢慢盘旋，道路一边林木森森。颗粒感极强的音符，雨点一样，稳定均匀，坠落在夜里，烦躁的心一下安静下来。车上人都睡着了，我完全忘记了周围逼人的浊气，沉浸在肖邦和无边的夜色里。肖邦的夜曲，容易给人一些东方意象，春江与月夜，琼花与白鸟，孤舟与故园……一肩凉雾，满耳秋声，钢琴适合表达一些漫漶的情绪，安静、漂浮，断断续续又浑然一体。它不像提琴那么激烈那么有叙事性，百转千回丝丝入扣，句句拉在心上，钢琴空灵悠远，什么都不清晰而又什么都齐上心头，接近成年人的情感，接近世界本身的模样。

那一夜多亏有肖邦，一段囚禁般的长途变得舒畅怡人，天色微亮的凌晨到达丽江，竟然像是刚睡醒，精神满满，没有一点儿倦意。

喜欢在旅途中听音乐，有了音乐，沿途的山川草色，茅屋路人，风雨和光影都生动起来，被赋予了意义；而有了路，音乐得以在道路中延伸，乐境也更加深远。

去年9月，《智族GQ》制作美国专辑，得机会自驾横穿美国。在中部高原犹他州的杰克逊市住一晚，第二天一大早上路，沿着落基山脉河谷，西行黄石公园。车刚走半个小时，天放亮，太阳升起，天空初生般暗蓝。河谷开阔，道路平坦，左侧是落基山的余脉，顶端一片金黄，空气里有凛冽的金属味道……这时候车载音响送出一段钢琴曲，拉赫玛尼诺夫的《第二钢琴协奏曲》，那是大乐队，织体密集，轮廓清晰，乐思裹挟着晨风向前推动，弦乐贴着道路铺展，钢琴的声音犹如天空，流淌着朝阳般的光芒，宽广而温暖。

开阔巨大的山谷里，我们的车一定小得像个玩具，稳健急速地西行，顺应着音乐的流向，“拉二”一直伴随。乐句在宽广的篇幅里推碾，稀释，又聚合，随着道路延展。第二乐章，当那段著名的solo声起，纤柔婉转的乐句，竟然在与平阔高原的对峙中赢得了平衡。好意外，没想过钢琴还有这样的力量。斯特拉文斯基在评价拉赫玛尼诺夫时说，他的作品“带有一种在俄罗斯这样广大的国家才具有的悲剧底蕴和精神重负”，可这样的底蕴和重负移植到美国中部辽阔的高原，全无危苦之声，那种俄罗斯般的深静大哀，反而给人热爱和宽怀……很难再说更多了，当描述一段音乐的时候，文字总让我无望。音乐不是文字能写出来的，就像光不是能画出来的，只能描画被光照耀的万物。音乐也一样，你只能无限接近它，但永远无法抵达。

桂花下落吹如雪

推开柴门，一段绿苔小路，迎面一棵硕大的桂树，没想到这就是酒店的客房入口。杭州安缦隐没在灵隐寺附近的一个山谷里，其前身法云村，是一个有着七百年历史的古村落，据说明清时期就是落魄官人和隐士的藏身之地。我入住的时候是个雨夜，山谷里一片静寂，这雨好像下了不止七百年。

第二天早上，被一股异香弄醒，香氛时淡时浓，沁甜、幽眇，游走在整个房间。这味道太熟悉了，想起昨夜那棵桂树，这就是传说中的“昨夜西池凉露满，桂花吹断月中香”吗？

在所有有关植物花香的记忆中，对桂树情有独钟。还在幼年，桂花就开启了我对植物味道的最早记忆。那时还小，五六岁，有几年被放养在农村。祖屋院子里有棵五十多年的桂树，树分五六株，覆地五六十平米。每年中秋前后，总有那么一两天，它会在一夜之间爆开一粒粒花芽，先是月白，后为淡黄，一团团，一簇簇，顶开茂密的枝叶，释放出秋水般沁凉的花香。

每天一大早，我还没起床，奶奶就会拿着把大扫帚，去院子里归置那些头天夜里坠落的桂花。那些花蕊经过清洗、挑选、曝晒，收进铁罐，制成花卤，泡茶、入药、做糕点，来年享用。幼时生性敏感，睡眠不好，很容易被奶奶扫地的声音吵醒。细密的竹梢一下一下，划扫在秋天清晨干硬的泥地上，那声音好远，现在想来还是飕飕的冷。

后来读大学，住武大桂园。珞珈山下，东湖水岸，宿舍窗下围着上百株桂树。新学年开学不久，就是桂花时节，正好饱享“叶密千层绿，花开万点黄”的盛景。南方多雨，每次雨后，总有浓郁而盛大的桂香弥漫，那种苦凉的草香让人胡思乱想。

桂花是冷香型，轻，有飘浮感，有风才有香，你专门凑近闻可能闻不到，它是你周围的一个场，在你不经意的时候，微风一过，香飘而来。有次我拧了几枝放进书包，带到图书馆去看书，结果整个下午阅览室花香四溢，周围不断有同学吮吸疑惑，不知香从何来，只有我淡定自若，书中自有香如桂，很是得意。现在想起年少时的那些小清新小伎俩，只剩唏嘘了。

后来到北方生活，回南方也不在季节，渐渐远离桂树。今年国庆回家，去了一趟武大。和朋友在樱园老斋舍散步，经过一截环山路的时候，有那么一刻，猝不及防地闻到一缕久违的幽香，整个人蓦地怔在那里了：好大一片桂树林。只是一刹那，那些二十多年前的少年心肠，和着桂香，还魂似的叠印在脑子里，就像二十年前的我穿越时空，在这一刻附体，两个我面面相觑，虽近在咫尺，其间却已是流年似水，让人心惊。

记忆和味道都是神秘的东西。嗅觉是人最早形成的感觉，甚至早于大脑形成思维。嗅觉和记忆的关系往往神使鬼差，纠结缠绵。

每个人都有自己的过往和记忆，平时它们被锁闭和封存，在时间漫长的流逝中经历着变形和磨损。我们害怕时间冲走那些对我们很重要却难以名状的瞬间，幸亏有一首歌，一种表情，一段文字，或一种味道，把它们瞬间还原到我们的生活，提醒我们曾经拥有，使本来短促的人生不致太空洞。

前些天去三里屯，发现一家店，叫“香味图书馆”。展柜、墙壁上，摆满了各式各样的瓶瓶罐罐，里面是通过现代工艺对花草植物进行晒制、榨干、提取，收集而来的各种香味，买来置放家中，可作香氛使用。看目录，林林总总上百种植物花香：小苍兰、栀子花、玫瑰、玉兰、茉莉、梅、菊、兰、白桃、巧克力、印度咖喱……一行行看过去，我心里只是在找桂香。没有。咨询师解释：桂花为木樨科植物，性温却味辛，桂花的香，与其天然体液密不可分，在它刚刚离开枝头的时候清新馥郁，但也只有短短一小会儿，随后散发的味道就马上深沉而混浊了，把桂花的味道留下来非常困难，以致无法提取。

这个解释让我怅然，也对桂花多了一分敬重。“中庭地白树栖鸦，冷露无声湿桂花”，这“湿”既体现了植物本身的矜贵和丰润，也表达了生命的脆弱与伤怀。原来桂香是不可以被圈养的，色淡香浓，迹远品高，真正的桂香只能去自然中找。所以王维说桂树有“桂魂”，“魂”怎能锁在屋子里？它只能游荡在山川田野之中，那就是自由。

T恤和衬衫

喜欢夏天，一半的原因是喜欢T恤。简单节省的一块布，剪裁缝补三个洞，一件T恤就成了。套头，双臂左伸右展，只需几秒，衣服上身。不吃重，不担心褶皱，也不需要太多型款期待，一上身即可出门。

在我长长短短的衣柜里，T恤只占三格，很小的空间，却放进了几十件。颜色不出黑白灰，材质偏天然棉，吸汗透气。不喜欢印花、条纹或是色彩超过三种的T恤，最不能容忍的是T恤上设计个兜，就像干净的脸上长块疤，哪怕长别人脸上，也想伸手过去把它扯掉。

很多衣服穿在身上需要你伺候，干不干净，齐不齐整，型还在不在，你得调整自己的状态，随时跟它配合。T恤不一样，穿在身上，完全可以忘记它，对你的心理、行为不构成任何障碍。一块湿漉漉的汗渍印在别的衣物上简直是耻辱，可落在T恤上没事，说不定还是性感呢。

一件衣服契合自己的身体，一般要穿用两三年以上，简单如T恤，也是如此。衣服跟身体的关系像恋人，刚开始再爱也是假的，穿久了，气味品性相互浸染，熟了，才真舒服了。

新衣服是穿给别人看的，多半并不舒服。你意识到它好看，就难免炫耀，再好的东西，一炫耀就减分，就像有人说帅哥是金，可如果你意识到并利用这种帅，就成了铜。忘记它，它就真的好看了。

有件T恤我穿了十六年，到现在每年还穿。黑色，抽象的斗牛图案，纯棉，略带点丝质。这样的质料，衣物不会任意变形，布料有凉感，每次穿它，从头顶套下来，像被浇了盆水，身心沁凉。舍不得扔，一件T恤穿十六年，感觉和身体有呼应，已经是个伴儿了。

T恤简单，色彩却得讲究。有一年，在西班牙的小城格拉纳达逛街，明晃晃的阳光下，一小店门口撑着十数件各色T恤，眼睛被一件炭黑色的短款T恤吸引。底色黑，有40%的灰，还夹杂着略微的土黄，粗粝随意，像糊墙的水泥。我从没见过那调性，特别符合T恤不讲究的气质。找老板给我拿件同款新的，老板拿出一件，却是崭新的黑。我说不是这款，老板说就是，你要的那件挂门口两年，晒褪色了。好吧，那调性还真不是染出来的，可遇不可求的工艺，买了。

T恤我选黑白灰，不是多有品位，是因为年纪大了，可选的已经不多。买过两件T恤，很喜欢，但从来没有穿过。一件是Alexander Wang的副线，白色、大、宽松，似经过拉扯的衣领，垂坠质感，气质太年轻，感觉是买给二十年前的自己，留作追忆；还买了一件，留给二十年后的自己，藏蓝、麂皮的爱马仕T，特殊的镭射切割，极度轻薄，型格精致，又云淡风轻，那个时候已经老得有些钱了吧，可以穿上这件，聊以慰藉一颗老而弥坚的心。

如果说服装真有哲学，没有比T恤更能体现“大道至简”和“空性”的了。

我热衷购买的服装只有两类，一是T恤，再就是衬衫。就像裙子之于女人，衬衫算是男人的衣神。T恤前面说了，有多少也不嫌多，因为便宜；衬衫也是有多少也不嫌多的，因为重要。在男人各类衣物中，衬衣是唯一可以从年头穿到年尾的，不间断。家居约会、谈判面试、典礼宴席，穿好了衬衫也是百搭。

衬衣的购买理念跟T恤完全不一样，色彩、样式、款型，都是年轻时关心的东西，现在选择一件衬衣，首先还是感受它的质感。质感先是材质，以前逛店只习惯看，现在逛店，碰到喜欢的东西，毛衣、薄衫、围巾，喜欢上去抓一把，体会面料的手感。色彩、样式、款型的美都是炫耀性的，只有质感的美不动声色，特别跩。

现在，娱乐、影像业这么发达，色彩、款型的搭配都很直观，有章可循，一个有基本审美素养的人，不会走得太偏。但对质料优劣的鉴别，则要复杂得多，你需要对材料产地有了解，对不同加工工艺之间的区别有认知，能分清机制和手工的外观差异，留意各种辅料的天然和化学属性，体会树脂扣和天然材质的牛角扣、果实扣、贝壳扣都是怎么回事……

晕了吧？衬衣作起来，也是难伺候的主。衬衣要穿对，比T恤难。质料、颜色、领口、袖口、肩线、下摆、腰线，一样都不能马虎，更要命的是熨烫，涉及材质，水汽和火候的把握，是玩赏，也是折磨……不过也正是这样一些对人与物件的善待，才是美好的根源。

一件衬衣，首先看衣领，它是衬衣的精髓，也是视觉传达的起点。领口的大小、宽窄、长短、尖圆，都能传达出不同的感受。沿着领口向下，中襟线最能体现一件衬衣的气节，就像一个人脊梁的外挂，这根线必须垂坠、平整、刚直不阿，任何邪门歪道的设计都只会弄巧成拙，把衬衣变成旗袍。

会不会觉得衬衣太正，正得无趣？不会，正是邪的铺垫，看你有没有品。我有个朋友，他的爱好，就是爱看别人衬衣第一颗纽扣解开时露出的锁骨，还有袖口卷边露出的一截手腕，千万不要戴表，看一眼就有生理反应—— 妖邪到这种程度，我也是自叹弗如，不过得承认，他真是太赚了。

我衣柜里的衬衣，“断舍离”之后还有近百件，棉、麻、丹宁、牛津纺、真丝、混纺……可以唱一整曲《四季歌》了。但经常穿的不到三分之一，而且是最保守的款。衬衣里我最喜欢的就是白衬衣，所有的颜色里，只有白色衬衣有光晕感，像被施了魔法，见到喜欢的就会买，积攒下来，也有几十件。但真真切切，我已经有十年没穿过白衬衣了。对一个沉渣泛起的中年男人而言，那些白衬衣太白了，白得让人不想触碰，所有的乐趣，不过就是偶尔打开衣柜，看它们齐刷刷地挂在那里。这时候，白不再是一种颜色，而是幽暗、平和、素简和早已醒来的一枕春梦。

牛仔裤上再没有被子弹穿越的弹孔

1901年秋，奥地利犹太裔哲学家魏宁格将一本名为《性与性格》的书稿交给当时如日中天的弗洛伊德，结果被羞辱。两年后，魏宁格将书稿扩充为《性与性格：生物学及心理学考察》，交予维也纳大学出版。他跟朋友说："我面临三种可能：绞架、自杀，或者连我自己都不敢想象的成功。"

魏宁格幸运地赢得了第三种可能：《性与性格》赢得了空前的成功。他被称为天才的哲学家，其思想对西方的现代主义和后现代主义都产生了深远的影响。同时，那句话也一语成谶。次年10月4日，二十三岁的魏宁格因抑郁和绝望开枪自杀。

历史遗留下这么一个细节：魏的自杀行为，是将手枪从牛仔裤的前襟伸进自己身体，在生命制造的源头，结束了自己。那是一条1899年版的美国Levi's牌牛仔裤。这个早逝的哲学天才没想到，鲜血慢慢浸透那条牛仔裤前襟，这个场景若干年后会被成千上万的欧美青年追捧，成为青春文化的祭奠，在牛仔裤的历史上留下经典的一笔。那条仔裤实在应该被Levi's回购，就一种服饰的精神气质而言，再没有比这条裤子更为震撼的阐释了。

头戴墨西哥式高顶毡帽，腰挎柯尔特左轮手枪，皮上衣，颈围一块色彩鲜艳夺目的印花大方巾，牛仔裤，骑着快马风驰电掣呼啸而来，这恐怕是牛仔裤的原始意象。白T恤，不刮胡子，不梳头，弹痕累累的牛仔裤，二十世纪六十年代的桀骜反叛被詹姆斯·迪恩完美地附着……

从西部淘金，到二十世纪六十年代的嬉皮与迷幻文化，再到好莱坞梦工厂，百年历史为牛仔裤层层加注。对男人来说，没有一种服装像牛仔裤那样，承载着那么多性别符号：自由、独立、强悍、粗粝、慵懒、颓废甚至放荡。难怪美国 *Esquire* 宣称，牛仔裤是“美国人民给予全世界的伟大献礼”。1976年，美国立国两百年之际，牛仔裤作为美国文化和精神的标志进入国家博物馆，载入史册。

“你可以改变生活 / 如果你改变思维 / 但不管怎样 / 我会留下我的牛仔裤……”在一首《如此昨天》里，希拉里·达芙吟唱着巨变的时空和不变的迷恋。

但毕竟，换了人间。这已经是个娱乐至死、消费解构一切的世界。革命年代的斗争气质被商业社会的游戏趣味消解。牛仔裤洗去了百余年来的反叛、敌对和剑拔弩张，和这个时代握手言和。裤子还是那条裤子，洞已经不是那个洞。牛仔裤上再没有被子弹穿越的弹孔，那些皮开肉绽的洞穴都是设计师和机器打压的作品。曾经代表着强悍、叛逆、不妥协的牛仔裤如今脱胎换骨，与影视明星、快餐文化、电脑游戏一道，共享现世的欢娱。

去年3月，我们杂志从四十多个品牌的三百多条牛仔裤中，选出了年度最好的二十一条，出刊后受到欢迎。今年3月我们继续这个选题。现在人们已经不玩那种意识形态符号了。牛仔裤一洗风尘，以前所未有的娱乐精神被重新设计、改良、颠覆和玩弄，成为这个创意时代的伎俩和展品。

我们一位编辑，买牛仔裤从来不进普通商场，只去固定的小店买未经漂洗和褪色的原装裤，然后花上一年半载，刷白，漆痕、打洞、染色、撕裂、抽须、3D立体剪裁，最后“养”出自己喜欢的颜色和裤型。他一般不洗牛仔裤，脏了就在太阳下曝晒杀毒，从正午到傍晚，直到裤子里的汗渍和味道蒸发……

“好的牛仔裤是不能随便洗的，要养。”他的牛仔裤十个月洗一次，水温是经过测试的，固定在60～80度之间，“这样有利于牛仔裤定型”——听了让人眩晕。当今牛仔裤早已超越了穿的功能，成了被供养的宠物。上周一个在纽约的朋友来电话，说自己终于买到一款梦寐以求的Rogan限量版：材料是稀有的红耳仔布，二十一磅的密度，剪裁利落，手工砂洗恰到好处；不均匀褪色，Hudson的补丁，皮牌、铜扣、双弧线，那些精心设计的自由放浪让他爱不释腿。国际长途里他跟我絮叨了半个小时，我确信他是真的爱它的。我想，如果他要像魏宁格那样自杀，肯定是脱了裤子再开枪。

从淘金时代耐磨的工装，西部牛仔的雄性符号，到二十世纪六十年代的反叛旗帜、电影明星的性感武器，再到现代都市玉男饲养的爱物，一条牛仔裤就是一代人的身体表情。奥尔登堡认为，一切世事都应该从人体解剖学中寻求答案："我主张一种从身体本身取得其形式的艺术，它曲扭、延伸、积聚、渗透，而且一如生命那样沉重、粗鲁、率真、甜蜜和愚笨……"在这个意义上，牛仔裤确实已经超越了时装。

Part 3

似此星辰非昨夜，为谁风露立中宵

一百年过后

多少新奇光鲜的科技成果和巍峨楼群都会黯淡

但这层峦叠嶂的市声和人潮还在

FERVENTLY
WISH YOUR JOURNEY
MAY BE LONG

伦敦黑

每次到伦敦，印象里都是那种湿漉漉、阴森森、黑黢黢的黑。建筑、街道、人群，即便是天空也是明亮的黑。间或有红色的双层大巴驶过，也不过是让黑色更黑。这种凛然而悄无声息的黑甚至蔓延到面包店里刚出炉的热面包上，伦敦餐厅里连餐巾纸都是黑色的。

据说伦敦近来时兴黑色浴室、黑色浴缸、黑色瓷砖、黑色面盆，甚至黑色马桶。设计师贝尔内说："黑色非常有力，整个浴室无所畏惧地运用黑色，让人自信。"我想，在那样的浴室里洗澡，会产生在出租车里的错觉—— 伦敦的出租车不遗余力地黑，无一例外。

我知道这里的黑不只是颜色，更是一种气质：挺括、收敛、匆忙而冷峻。有人抱怨，说这个城市的人不讨人喜欢，而最让人不喜欢的是，伦敦人也不想讨你的喜欢，他们乐于与你保持距离。在地铁里嘻嘻哈哈打闹成一团的总是黑人，不分性别年龄抱上去就啃的是西班牙人，扎堆儿出来玩、大声说笑的是意大利人，饭店里打架一样抢着付钱的必是中国人。见到熟人像是陌生人，只说个“你好”就自顾自看书看报的，才是货真价实的伦敦人。酷吧？这也是种黑。

在时尚衣橱里，黑色据说是永远不会错的颜色。但能把黑色运用得如此庞大浑然又品质精准的，恐怕还只有伦敦。在伦敦任何一条街道上，你都可以看到貌似随意，却造型讲究充满想象力的行人。各种繁复的搭配造型80%以上以黑色主导。从正装如双襟西装、大衣，到休闲的T恤开衫、牙签裤，从华达呢法兰绒，到薄针织粗花呢等各种面料，还有围巾、包、鞋、手镯耳钉、项链戒指，主体都是黑色。你就想象不到最单纯的黑色，通过各种类型的面料、服装，剪裁，配饰的搭配组合，能玩出这么多花样。跟朋友在邦德街上迎面撞见过一个黑人，黑色披肩、大衣、紧身裤、黑色高筒皮靴，高高盘发，浑身上下，除了牙齿和眼白，就不让你看到任何其他的颜色，威风凛凛，像一只昂然行走的黑乌鸦，让我赧然。

这种对黑色的偏执和迷恋，可不像我们想象的那样，是一阵风吹来的时尚风潮，也不是几本时尚杂志或几个设计师在那里兴风作浪。了解、懂得伦敦的黑，得把眼光投注到一个更开阔的界面，那里隐藏着伦敦黑的历史或现实渊源。

读大学的时候迷恋过一阵子哥特小说，这种致力于恐怖和鬼怪的小说就诞生于十八、十九世纪的英国。它多以中世纪的古堡、修道院、废墟和荒野为背景，讲述由于情欲和财产争夺而引起的杀戮，气氛神秘，在文学史上被命名为“黑色小说”。本届伦敦时装周上，加里亚诺穿着一件破旧皮夹克，面容肮脏，布满胡须，他自称这个“哥特式幽暗华丽美学”的灵感，就来自英国作家克里夫·巴克所创造出的“黑色小说”《战栗古堡》：“这是一个危机四伏的时代，人们却纵情享乐，把自己推向死亡。”

2003年那次在伦敦，去过一家叫“白色立方”的画廊，看了一个名为“无常时代的浪漫”的展览。进入画廊看到的第一件作品，就是浸泡在福尔马林中的浪子—— 劈成一半的小牛。主人说“那是基督在受刑”。主人赫斯特是以前卫、炫酷著称的英国青年艺术YBA的代表人物。这个展览确认了YBA的典型风格——性、死亡和宗教。这也是典型的黑色文化主题，赫斯特以探讨死亡这个恐怖的黑暗主题来反衬对爱和美的渴望。

二十世纪八十年代初，新哥特文化运动在英国兴起。一种脱胎于二十世纪七十年代的朋克音乐出现。它明显反传统，歌颂黑暗和死亡。当时整个社会吸血鬼、僵尸形象流行，朋克的影响力从音乐向日常生活和思维模式渗透。进入时尚领域，就是蕾丝花边衬衣、黑色皮草皮裤、黑色眼影、苍白妆容和造型，突显一种神秘、高贵、厌世的情绪，但这样的黑色审美却赢得英国主流文化的满堂喝彩。

滋生、绵延于英国社会的黑色文化，或许才是伦敦黑的隐秘之源，它带给这个社会一种沉静、悚然的气质。

刚刚落幕的伦敦时装周上，二十八岁的加勒思·普玩得最嗨，惊悚加恶搞，挑战着时尚潮人的想象力。S&M风格的马尾辫，Jelly铸模的连体衣，立方体帽子，膨胀的黑色树胶配饰，PVC泳装……全部由性别模糊的模特演绎，《卫报》时尚版说他是“有意歪曲人体”。个人生活中，加勒思·普也是个角色扮演爱好者、锐舞狂人。他的工作室连暖气都没有，却是伦敦东区最热门的派对去处，各种漂亮鲜嫩的面孔在这里出没，总是充满惊喜。他的工作室连门都没有，以致一天早上醒来，他发现自己的T恤已经被溜进来的野狗咬成一堆碎布。记者问他无法拒绝的颜色，他脱口而出：“黑色！”

一位旅居伦敦多年的朋友说，在巴黎，你能从一个男人的衣橱里看出他的薪资状况，而在伦敦，你却能从他的穿着打扮上估摸出他的政治倾向和经常宿醉的酒吧。英国人真从没在穿衣打扮上丢过脸，从二十世纪七十年代的朋克小子，到八十年代的迷幻House 一代以及后来的电音、新浪潮独立音乐人，世界上就真没有另一个城市，把服饰装扮穿成自己的情感和思想、立场和宣言。

“人群中这些面孔幽灵般呈现/湿漉漉的黑枝条上多多花瓣”，庞德这句著名的诗句写的应该是伦敦吧。在伦敦的街头，你能看到真正精通时尚文化的人。伦敦黑，是他们献给这个世界的礼物。

巴黎秀

卡尔·拉格菲尔德没有悬念地又迟到了。在巴黎2012春夏男装周Dior秀场，数百人端坐静候开始，拉格菲尔德在最后一刻闪亮现身。以迟到博眼球已经不是新鲜招数，但卡尔这一次失算了，众人的眼光被他脚上的一双鞋吸引，那脚蹼巨大无比，毛茸茸，走过Dior精心铺就的白色T台，扑哧、扑哧，像一对踟蹰在雪地里的熊掌。现场响起嘘声，不知道是冲着迟到还是熊掌，不过卡尔不会考虑这些，他一如既往，昂起因白色高领而略显僵硬的头，领受来自众人的唏嘘，那傲慢又戏谑的姿态像是跟数百人调情。

在时装周，这些场外的表演比T台上的模特还好看。懒散和做秀几乎是时装从业者的职业修养，从设计师、时装评论家到媒体编辑和买手，不管平日多么辛苦，谁都不会放弃利用这一年两次的时装周，极尽其能，极尽其怪，在镜头和同行面前秀一把。

每场秀，开始前场地内外就会聚集好多人，与其说在等秀开始，还不如说充分利用这段时间秀自己。对很多业内人而言，这是比大秀更重要的时刻。众人三三两两，闲庭信步，可松弛闲散的外表下，掩藏着激烈比拼和对镜头的争夺。一顶鸟巢帽，一袭把色彩撞翻的搭配，都可以成功赢得众人三秒钟的关注；一日本骚人穿双明黄色高跟鞋，近十厘米的高跟里竟然养着几条金鱼……如果谁被街拍摄影师捕捉，拍得越多越得意。但这种得意要被掩藏，否则就贱了。要自然地“作”，端庄地假，这“作”和假，在秀场内外，都是时尚行业最高的职业道德。和我同去的一位女编辑，就几乎在所有的秀场外被摄影师追拍，一双Dries Van Noten刺绣钉珠风格的蓝色布鞋，湖蓝色的真丝碎花连体裙，配上她素白宁静的东方面孔，在那群妖魔鬼怪中确实卓尔不群。看她在镜头面前从容、淡定，偶露不屑，只有我知道她心里多么得意。

刚结束米兰时装周，又来到巴黎。米兰的秀场让人感受更多的是时装本身，意大利确实是男装圣地，它能唤醒一个男人的性别意识；巴黎不一样，这里的时装周，T台上下、秀场内外总混合着一种暧昧的气息，那些游荡在秀场内外的人好像都是天生的调情高手，夹着香烟的手指，推墨镜的姿势，挽发时扬起的手臂，哪怕站那儿一动不动，捉摸不定的眼神里都透着风情。也只有在巴黎，设计师桑姆·布朗尼才会把他的秀场设置在马克西姆餐厅，让男模们戴上台灯罩似的帽子，套上带拉链的袜子，穿上套头连体内衣和机车热裤，像夜总会的舞男一样演绎他的怪诞幽默。

法国人喜欢带着无意识的平静和周围人调情，这种文化也感染到男装秀场，并被各路神仙夸张演绎。《纽约时报》驻法国记者西奥利诺写过一本书叫《诱惑》，里面说，调情在法国人看来不只是为了和某人上床，法语里的调情可以用于任何引起人感官愉悦的东西，从时装、巧克力，到香水、汽车、奶酪，调情是理解法国国民性的一把钥匙。

恭维、勾引、微笑和一起享乐，或许还有点儿不负责任，这就是法国人喜欢和擅长干的事。任何试图改变别人意愿以获得快感的行为甚至想法，都可称为调情。在男装周的秀场内外待上二十分钟，你就能感受到调情作为一种气场，如何笼罩着他们的时尚、社交、美食和商业决策。

现代法国，调情已经洗去了道德和宗教上的罪感，成为一种高智力游戏，影响到法国人的行为和价值观。也就在这个意义上，正在发生的国际货币基金组织前主席卡恩的情色事件，始终获得大多数法国人的同情和支持。他们觉得美国人很无聊，不能理解法国人的调情艺术，那些隐含在酒店客房里的暗示、说服、吸引，就是法国人引以为悦的生活方式。从牙医到政客，每个人都想着怎么散发自己的魅力，让事情最终如愿以偿。即便不偿，Who cares？不过还真有不偿的。西奥利诺说，调情不只是一种游戏，还是“法国保持该国影响力的核心战略”。如此一来，调情终于从礼仪层面、生活美学，上升到了国家政治。2011年，西方国家轰炸利比亚已经好几个月，很多时政分析从各个角度解释了这场战争为什么由法国牵头：石油、历史、地缘政治、大选。

都对，只是忘了时任法国总统萨科齐本人就是个调情控。个人生活不说，他坐镇法国几年，朝三暮四，出尔反尔，爱出风头，没想清楚就出手的这些标准调情作风，本是大国政治家最忌讳的品行，却被他玩了个遍。他一定忘了，就在一年半前，他还在爱丽舍宫抱着来访的卡扎菲的头亲了两口。利比亚问题上，他的政策变化速度之快，幅度之大，也令国际社会瞠目结舌。连法国《费加罗报》前不久都感叹跟不上“萨科齐速度”，难以看清法国干预利比亚的战术和前景。

如果说调情性人格用在秀场还无伤大雅甚至趣味横生的话，移植到政治、军事上就可能是灾难。有史学家统计，近三百年，除了内战和殖民战争，法国军队没有独立胜过任何一个国家。从时装周、世银大楼的办公室，从爱丽舍宫到利比亚战区，说到底都是秀场。调情就是这么个东西，好玩的时候它隐秘、神奇，带着令人震颤的快感，充满诱惑力；一旦玩砸了，你也得承受它因为轻率、误读、耽美、不确定性带来的令人难堪的结局。

米兰秀

有本书,《绅士的准则》，翻译过来在国内风行。大概讲的是，一个以“绅士”自诩的男人，在吃饭穿衣、社交游玩等方面应该遵守一些什么样的规则。书没看，对于“准则”“品位”“格调”这一类词我都觉得好笑，没什么兴趣。之前去伦敦开会，见到书的作者，英国版*GQ*主编迪伦·琼斯。别的印象不深，就记住他的光头了，一身得体的西服估计来自萨维尔街的定制作坊，在全球二十个版本的*GQ*主编面前谈笑风生，很有主人风范。

几天后在米兰2013春夏男装秀场又碰见他，下穿一条藏青色的丝绸灯笼裤，棕色Allen Edmonds男鞋，上身是苹果绿圆领针织衫，这色撞的，步步惊心，即便那天是Armani的秀，也灭了现场所有男模。更难堪的是他还走过来跟我打招呼，弄得我比他还狼狈。当时下决心，回去一定要补补课，把那本《绅士的准则》找来看看，看他今天的造型符合书上的哪一条。

不过在米兰，男装周期间，什么样的造型都不会让人惊讶。

这是一个时装之城，美人美服遍布全城。绕开几条整天拥挤着往来游客的景点和商业街，就有机会真正深入到这个城市日常的街道和里巷，就会看到有型有款、把自己打扮得一丝不苟的米兰人。

因为做男性杂志，比较关注男装和男人，发现全欧洲意大利男人最有型。东欧人稍土，北欧人过于理性和拘谨，法国人太花哨，英国男人太有文化，意大利男人难得地松弛和自然。无论形象和气质，它都如同自己的地理位置，杂糅了欧洲和北非人的精髓，轮廓更深，肤色更重，性格上热情友善，又不甜腻失度，是一个气质阳光、活得很舒坦的族群。

不能指望这样的人生产哲学和思想，太费脑。意大利男人把太多精力和热情投注到生活本身，热爱美和艺术，时装这种不轻不重的物类，刚好是他们的一个出口。说米兰是男装之城，还不在于它是Armani、Gucci、Prada这些时装大牌的根据地，对真正热爱时装的人来说，这些大牌只意味着商业上的成功，要想领略时装真谛，还得去关注那些遍布全城数不尽的独立设计师的小品牌。

男装周期间，跟我们编辑去了一趟D Magazine，一个大卖场，集中了米兰、意大利，甚至全欧洲的一些独立设计师的服装。在一个布置得像战壕一样的巨大空间里，陈列堆放着成千上万的服装，按外套、衬衣、针织衫、长裤、鞋、围巾等分类。集结在这里的时装，虽然材质、设计、色彩、类别足够丰富，不计其数，但整个空间布置一点也不凌乱，再多的设计和样式，都遵循着一个相当有水准的美学纪律，不容荒腔走板的服装混迹其间，这样的常识和标准，保证了购物空间的整体品质。逛这样的店很放松，没有大品牌的装腔作势，质料和款型更丰富，而且价格便宜，只是街面上那些大牌服装的1/3到1/5，非常值。四年前来过一次，买了西服、衬衣、鞋和包，共计六件，才不过一万多一点，而且很多衣服现在还在穿——穿这么久固然说明我不够讲究，但也证明它们的材质和做工还算靠谱。

关于怎么穿衣服，时装编辑们真真假假地提供了无数条训诫，可我一个设计师朋友说得最为精到，他说人穿衣服的原则就八个字：认识自我，表达自我。这八个字不容易，有过一定失足经验的人都知道，人在认识自我的道路上最容易忘乎所以，得经历多少事才明白自己是怎么回事。落到服装经验上，比选择好衣服更难的是拒绝好衣服。时装很势利，越好看的衣服对人越挑剔，不只是挑长相，还挑年龄，挑阅历，挑学识，挑气质，而恰恰在这一点上，我们的眼光很多时候都超过了我们的实际水准。

好在米兰不是一个浮夸的城市，一个有美学素养的城市也会耳濡目染地告诉你怎么做人。米兰诞生的大品牌们都一致对外忽悠别国人民去了，米兰本土的时装气质却是平和、精准、丰富又体贴的。每次来男装周，看秀之余，我更喜欢去米兰的大街小巷乱逛。有些场合如秀场，堂皇隆重，你看看就好，一场秀十分钟一过，如踏花归去，满眼花枝乱颤却一枝一叶也入不了你的心。只有当你一个人散步街头，有轨电车丁零零晃过，一个精心设计的橱窗，一个衣着考究神色严谨匆匆回家的下班白领，萧索的街景传达出一种类似禁欲的美感……只有这个时候，那些时装走下T台，穿戴在普通人身上，覆盖着他们的呼吸，才有了灵魂。

有些城市太大了，像巴黎罗马伦敦，可以看到各式各样的人群，男女老少。可在米兰就只能看到两种人，美的人和不美的人。而美的人是那样多，即使长得有缺陷，也会把自己穿得像个美人儿，从老富帅、型男、小帅哥，到妖娆少年，每个人都是造型师，这个城市为时装而生。

每次到米兰，都觉得这个城市能提醒和强化自己的性别意识，想着作为一个男人，还有好多功课需要做。经朋友介绍，那天去一家店定制西服，曲里拐弯到了一个冷僻的门面。这家店近百年历史，至今才三十余人，基本是家族成员，据称其祖父二战期间曾给墨索里尼定制过军服。给我量裁的老头七十八岁，笑呵呵的，脸上永远是喝多了的酒红。他围着我絮絮叨叨地忙了半个小时，没讲动人的故事，也不用大而无当的说辞绕弯子，不谈文化身份等大语境，就只谈衣料、廓型、技术、舒适度、缝合和拼接方式，像个农民关心自己的庄稼。

两天后我去试小样，当还布满针头线脑的样衣一上身，感觉那布料就像水一样贴着身体顺流而下，肩、肘、腰、胸，身体的每一根线条、每一个关节都被物料轻轻掌握，舒服极了。好的定制不仅顺应你的身体，它还能矫正你的体态，我忍不住夸了两句，这时候老头说话了：“高级定制和大众成衣的区别，就在于衣服内里运用了什么材质。我用的材料轻盈但不瘫软，我从不用硬邦邦的衬里，那样衣服好看但你不舒服。高级时装的真谛，源自它的内里。”最后老头又故作深奥地补充一句：“一套衣服是这样，小伙子，一个人也是如此吧。”

上帝之城

电影《速度与激情3》开篇十分动人：黑屏，巴西民族乐器卡巴沙呓语般的乐声从暗处传来，渐显，在基督山顶俯瞰夕阳中的南美名城里约热内卢。航空镜头沿着右臂，摇出神像，这个高四十米，世界最大的耶稣神像，矗立在里约城六百八十米高的基督山顶，没有《圣经》里描述的悲苦，面容宁静安详，平展双臂，形成一巨大的十字，护佑山脚下这个广袤的城市……

电影却完全不是片头那样温情，原来是一个惨烈的故事：黑帮、仇杀和群斗，生是一种偶然，死亡是宿命，凄厉的情感与背叛，还有贫穷和绝望……神在哪里？如果回头再看一次片头，看一眼耶稣十字环抱中的城市，恐怕更多感受到的是一种神性的悲悯。这就是里约。

我们到达里约是下午一点，烈日当头。出租车丁零哐啷，像还没上漆的半成品，载着我们驶入市区。高速公路陈旧，两旁的楼房像废弃的厂房，稍微完整一点的墙面都被涂鸦，色彩鲜艳，怪兽与魔法，画境非常南美。一个随意、凌乱，没有章法的城市。

然而渐渐地，在这一个多小时的车程里，我们也见识到这个城市优渥的自然环境。漫长的海湾，山峦奇崛，内湖沙丘，原始森林，大块大块的自然保护区和湿地，形态各异的山水地貌如此稠密地拥聚在同一个城市，世界上再也找不出第二个。这里的热带植物跟我以往的经验不一样，树叶颜色很深，那是一种矿物的色调，而非植物，枝干和叶片看上去像是用金属切割而成，线条凌厉，好像饱受摧残后依然茁壮。人类学家列维·斯特劳斯说，在热带的自然里，“活生生的物体具有无生命物件具备的高贵感”，我在里约感受到了。

阳光强烈，浓荫匝地，凌乱的街市浮荡着热带海边城市腥热的气息，这是个特征鲜明、辨识度很高的城市。到了酒店，包还没放稳，在手机上看到一条新闻：为维护市政秩序，巴西政府特种部队从今天（2014年4月7日）直至6月世界杯赛结束，将进驻里约一百个治安混乱的大型贫民窟——有点儿当头棒喝，这就是里约，一直位居世界“蓄意暴力致死”人数最高的城市之首。官方数据，仅2013年一年，就有五千宗谋杀案，二十二名警察因工殉职，在里约，平均每天有一起因为流弹受伤或死亡事件发生。世界上没有几个城市像里约这样，存在大片政府武装无法控制的区域。

里约全市有六百多个贫民窟，生活着三百万人，规模浩大，已经成为巴西著名的人文景观。同时，贫民窟因滋生抢劫、绑架、毒品和凶杀案件而臭名昭著。一个人出生在贫民窟，生命就成为一种赌博，很多现代社会的美好生活对他们关闭，除了变得更强更残酷，他们没有办法得到更多。生活在这样的区域，人们对毒品、枪支、死亡的经验，超过了对求学、工作、家庭的体验……在新闻里，在外界眼里，这里每天都会上演暴力：用最新款轿车飙车，警察与毒贩之间激烈交火，时而起火的公共汽车，在交战中被困的无辜人群……

第二天，我们按计划前往里约最大的贫民窟若其哈采访，协助我们采访的是一个二十三岁的美国人罗森博格，他在这个贫民窟已经生活了两年。“实际情况并没有这么糟糕。”他介绍，大部分的交战都在边缘的山丘或者城市外的高速路上，市区多半太平。暴力场面，90%的里约人也只在电视上看过，只是任何的风吹草动都会被媒体夸张描述……当警察到山区与毒贩们交火的时候，也许邻近地区的贫苦儿童正在接受联合国教科文组织的援助，学习戏剧表演；来自欧洲的摄影师们为某品牌拍摄时装广告；潇洒的当地人则在露天的自由市场跳波斯瓦那舞……我们有点儿愕然，难怪作家米勒说：“我不怕事实本身，我只怕新闻头条。”

“现在没有人想闹革命，今天这些拿枪的人只想在消费文化里分一杯羹。他们的欲望无非是衣服、汉堡、汽车，以及得到他人的尊重。”美国小伙讪笑两下说，“贫民窟没那么可怕，当地人很欢迎我，我很安全。”

不只是安全，贫民窟生活还有难以置信的精彩，音乐、舞蹈、体育、美食和夜生活，“我从来没有在任何别的地方感受到这里的活力和能量”。在罗森博格看来，如果说拉丁民族还有什么活力的话，也只存在于贫民窟了。欧美夜店盛行的Funk音乐，就源自里约的贫民窟，各种Party和Club都会用它来助兴。还有一种“巴西战舞”，包含了舞蹈、格斗、节奏和音乐，风靡全球（北京也有传授巴西战舞的学校），也源自贫民窟。

贫民窟是里约的伤疤，可也是这个城市，甚至整个南美拉丁民族本性的表征。身处硝烟之城、虎狼之地，想要生活得乐观自在，必须要依靠旺盛的生命力。拉丁民族热情奔放，狂野不羁，喜欢刺激与疯狂，他们跳桑巴、踢足球，走狗斗鸡，追求生命的狂欢，几百年里养成了追求自由、不畏恐惧的成熟心态，生活在这里的人，与生俱来就有面对危险的能力。这种生命力顽强的基因，甚至可以追溯到欧洲人发现南美大陆之前的印第安人身上。

1502年，葡萄牙探险家韦斯普奇第一个抵达南美大陆瓜纳巴拉湾区，即现在的里约。随着这次伟大远航的发现，欧洲人好像找到了《圣经》中描述的伊甸园：美丽的热带风光，一群淳朴善良的人。他们不受政府的管辖，没有金钱、物质和私有财产带来的烦恼，生活在超凡脱俗的社会里。瓜纳巴拉夏季漫长，男男女女、老老少少都终日赤身裸体，在大自然中展示自己健美的身躯……这样本真和快乐的生活让欧洲人诧异。十六世纪初的欧洲，资本主义一夜崛起，金钱和效率成为全社会追逐的目标，里约的“自然人”生活反其道而行，让他们无尽艳羡，这不正是莫尔在《乌托邦》中所要传达的理想社会吗？

史学上一直有种说法，正是瓜纳巴拉印第安人的生活，激励了十七世纪德国和荷兰的法理学家，并将这种激励延续到十八世纪的思想家身上。于是，有了卢梭的“高贵的野蛮人”理论，进而形成了法国大革命“自由、平等、博爱”的预言。

启蒙运动中，卢梭将最美好的道德寄托于原始部落。因此，当年高更来到塔希提岛，发现这里的人们没有工业社会的精神压力，没有被金钱欲望玷污的观念，每天生活除了简单的食物，就是唱歌跳舞、追逐异性，或者无所事事的悠闲，这种乌托邦场景让文明的欧洲人产生了极为矛盾的心理：谁更快乐，“高贵的野蛮人”，还是龟缩在金钱城堡里的自己？

无视社会羁绊，追求自由，这是“高贵的野蛮人”的基本特性。基督教社会几百年的社会变革和发展相对成功，其中一个很重要的原因，就是由上帝观念支撑着一个顽强的“高贵的野蛮人”阶层，客观上使得西方社会的现代化进程保持了一个人性和魔性的相对平衡。

我们的酒店就在海边，越过一条马路，就是被誉为世界十大海滩的科帕卡帕纳海滩。绵长的弯线，白沙细腻，海滩上整天游荡奔跑着停不下来的里约人。男人基本不穿上衣，在阳光下曝晒着自然生长的结实身体；女人的比基尼也只有线没有面，让人觉得那些线也多余。满头脏辫的嬉皮，浑身刺青的壮汉，波西米亚风格的长裙小贩……人们在海滩上读报纸，会朋友，玩藤球，认识别人，跑步健身，打探最新的八卦消息……我想五百年前，欧洲人韦斯普奇第一次登陆瓜纳巴拉海滩，看到的就是这幅场景吧，而且从没改变。

在海滩，在这个城市的任何一个角落，都可以看到基督山顶巨大的耶稣像，它在那里已近百年，俯首庇护。这塑像之于这个城市，就像一个了不起的神谕：“如果你一心一意寻找我，就必寻见。”（《申命记》4：29）

长恨歌

建业里像一块伤疤，藏在上海建国西路法租界区域的西南边角上。今年底，新建业里将以每平方米十五万的价格重新找回自己的矜贵，那正是它八十年前出生时的姿态。

很少有一个城市，在区域划分上有如此强烈的阶层感。建业里即便在被改造前已经完全落败，但还是培养了一批沉溺于它过往荣耀的居民：原来住建业里，拆迁时搬到闵行郊外已经五年的庞先生，即便每天含着速效救心丸，跟年轻人拼挤地铁，也要回到建业里附近的中山医院看病；同样搬至闵行郊区的付太太，每次和女儿见面的地点一定要安排在建业里附近的饭馆里，或者干脆就在梧桐匝道的路边。在租界里住过，是他们这一生中最值得缅怀的事—— 这样的图景，简直就是上海的隐喻：这个城市的日子是眼前的，心却在怀旧，魂更是遗落在上个年代。

这一切的源头也许应该从一百五十年前的那场农民战争讲起。十九世纪中期，太平天国对江南浩劫性的破坏，直接导致了近代中国历史版图的一次重要改变，就是苏州、杭州的衰落和上海的崛起。苏杭在隋唐时期就已经是巨郡都会，几百年来民殷物阜、科甲鼎盛、人文荟萃，是中国社会当仁不让的经济和文化中心。但在1860年，太平天国军队沿长江东下，直捣苏杭，江南遍地哀鸿，这片中国最富庶的地区开始烟焰蔽天，遍地荒芜，在长达数年的时间里沦为战区，无可挽回地衰落了。

大量的商人和财富向东逃窜，移居当时的滨海县城上海。后来一百多年的历史证明，这不是一次简单的人口和资源位移，它预示着中国近代史上一个时代的结束，和另一个时代的开始。

基于上海特殊的地理位置，在它以一隅之地接纳四方难民的同时，也迅速吸纳资金、技术和近代社会的观念，慢慢从江南农业这种中国社会传统的经济模式中游离出来，并带动商业、金融、文化的发展，迅速成为远东国际商港，和当时中国最大的贸易中心。至此，一种中国历史上从没有过的新经济力量和外向型社会格局产生了。对上海而言，这真是一个光荣的开始。

随后几十年，上海的发展有如天助。汽车、电话、收音机、雪茄、香水、花园洋房、高跟鞋和法兰绒套装、自来水和煤气灯……现代生活的日常用品一波波地涌进上海，酒店银行、电影院、教堂、豪华公寓和西式街道，这些西方文明的物质象征，也是先抢滩上海然后进入内地，随之出现了一个新兴的东方买办阶层，他们不为民族工作，而为先进的文明工作。很快，这个城市只用几十年时间，就把自己打造成一个古刹深宅的现代前厅，殖民色彩伴随着世界主义。

当然，社会形态的变迁，只是冠冕堂皇的前台风景，潜伏在喧闹和华丽背后的，才是更为沉静和长远的城市之声，那就是上海人。张爱玲说上海人“是传统的中国人加上近代高压生活的磨炼”“新旧文化种种畸形产物的交流”，便是基于这种特殊的历史和地理，他们“聪明势利，又悲观自私，趋炎附势有城府，但知道分寸”，展现着摇曳生姿的市井风情。当下百年，即使是在革命浪潮最激烈的时候，上海仍然悄然保存着一个“潜在的、柔软的市民社会”，那是始终存活在革命和政治之外的上海，它构成了这座城市的人生基础和更加持久的民间生活。

最彰显的上海腔调，莫过于二十世纪二三十年代。那是一个至今存留在上海，甚至全中国人心目中的旧上海。现在的我们，只有活在对过去的想象中，才有抒情的可能。一本传记这样记录了邵洵美，一位现代唯美主义作家的日常生活：家境富裕，教会学校长大，喜欢在周末“驾着他长长的褐色轿车，从杨树浦的家出来，经过苏州河，到市中心的咖啡馆和书店。他内心像个小孩，或者老派作家，在吸引他的东西里编织故事”。同时他也是个有教养的美食家和风趣的健谈者，每道菜都能讲出一个长长的故事。“他和朋友们几乎天天见面，或早或晚，对他来说，时间无所谓。他喜欢在家开宴席，或去看电影，要么在床上看书。任何时候，他都是沙龙里光芒四射的人物。”在那样一个国家蒙难的年代，他说：“我已经嗅到空气中的战火，我依然非常幸福。”几十年的时光，在邵洵美身上断行断句，散发出一种市俗可以仰见却不能成就的俗贵，这何尝不也是上海的气息？

去年底，半岛酒店重回外滩。一直对这个代表着旧时代，充满奢靡和腐朽，带有隐秘和艳情气质的酒店充满好奇。试营业时去住过一次，对它幽暗的光影、逼仄的走廊印象尤深，整个酒店像一个心事重重的男人，孤单脆弱，又慵懒迷人，纵使享有那么多周到服帖的娇宠也不能让他高兴。那可能就是旧上海的味道，它把热气腾腾的新上海屏蔽在厚厚的窗帘之外。

上个月酒店正式开业，盛大Party，又去了一次。呵，太堂皇了，满屋子锦衣玉食，觥筹交错，到处是妩媚的女人和志得意满的男人，新上海的喧闹嘈杂一泻如注，觉得真是换了人间。好酒店应该是尊贵内敛的，酒店里流淌的是故事，那是酒店的灵魂，可那个晚上，华丽的是厅堂不再是内心，半岛的灵魂走了。

十里洋场几度殇。上海的历史是脱不了阴柔气息的苍凉。偶尔回头一看，每一步的脚印都历历在目，却是叫不醒催不活的，辗转至今，成为流年里的一段静水深流。不管邵洵美、半岛酒店还是建业里，它们都是旧上海的一个梦，不复存在当下现实。这个梦起始于老上海的旗袍和咖啡，繁华在二十世纪三四十年代，迷茫挣扎在五六十年代，风雨飘摇在“文革”中，近些年又挣扎着光影重现。可旧上海是生成的，新上海是创造，铿锵其间的欲望和攫取，会不会最终扰乱她优雅的步伐，改变这个城市的质地，还真是不得而知。

结束采访，离开上海前的最后一天，特地让车绕道常德路195号，一栋墙皮斑驳、染了胭脂灰的意大利式建筑，那是张爱玲的故居。这栋旧得有些潮气、显得黯淡的房子陪伴了张爱玲一生中最华丽的时光，在这里，她成就了自己和这个城市的经典，这是她的生命场。

似此星辰非昨夜，为谁风露立中宵。车过宅门，想象在几十年前的一天，晚烟里张爱玲俯瞰着显赫的上海，“上海的边疆微微起伏，虽没有山也像是层峦叠嶂”，一个小女子，就这样写出了一个城市的壮阔。我想，一百年过后，多少新奇光鲜的科技成果和巍峨楼群都会黯淡，但这层峦叠嶂的市声和人潮还在，那是永远的上海。

流亡之地

有些地名只是名词，告诉你那个地方本身；有些地名，你看到它，内心默念，会觉得周身一热，有种情感被唤醒，有了体温，就不再是一个名词。的里雅斯特，每次念起这绵长、拗口的连音，我就会想起意大利东北部那个小城：亘古不变的海平线，临海屹立的白色古堡，哧哧入港的汽船，城里无精打采的电车，嘈杂拥闹的市政广场，还有那条被骄阳烧烤、白晃晃直直通向海边的马路。

的里雅斯特，隔着亚得里亚海遥望威尼斯，北、东、南三个方向被斯洛文尼亚包围。它一度是欧洲历史上的名港，曾经被罗马人占领，为威尼斯人入侵，先后受哈布斯堡王朝、南斯拉夫及意大利统治。一个城市显赫的历史，往往让现今生活其中的人怀抱残梦，心生怜惜。好在亚里士多德说，任何有趣的人都多少有一点忧郁。对于城市，何尝不是如此?

我在这个小城的时间还不足二十四个小时，可在我从海面向它靠近的时候，在我沿着飞行跑道向它道别的时候，却有些茫然—— 倒不是源于它宏大的历史，那实在跟我没什么关系。让我心念于此又无所适从的，是一长串赫然的名字：普鲁斯特、司汤达、夏多布里昂、卡萨洛娃、蒲宁、威尔第、马勒、弗洛伊德、席勒、托马斯·曼……一百多年来，他们分别在不同的时间，因为不同的缘由来到这里，成为无奈和不羁的流亡者，留下散乱的痕迹。

亚得里亚海的阳光惨白酷烈，黄墙红顶，硕大的热带植物投下浓黑的树荫，我揣着一张被汗水浸湿的地图，循着残破的小街来到老城中心卡瓦娜广场。广场四周，旧时的雕像、喷泉、壁画随处可见，街道拱廊密布，陡峭的石阶连接着街道遁入城市背后的山地。托马斯·曼八十多年前用“阴郁、混乱、艳俗和悲凉”形容这个城市的中心，至今好像也没怎么改变。

一百年前的城市规模不大，大量的艺术家、流亡者，离经叛道的浪荡青年聚集在广场周围。詹姆斯·乔伊斯在广场附近一家破旧的旅馆完成了《都柏林人》，同时也是这里妓院的常客，烂醉如泥的他经常被人从勾栏曲巷里领回家。我可不相信那些他在烂醉之后写下的忏悔，欲望自有它神秘的伟力，一个夜夜笙歌的灵魂，不可能因为思乡和偶尔的善念，就把自己囚禁于家园，不管它有多温暖。

年轻的普鲁斯特，当初也一定沿着这些昏暗而逼仄的街道回家。在他看来，走过的道路多脏，思想就有多纯净。他曾经诅咒这个城市活该被烧成灰烬，因为自己爱慕的人在这里享受同性之欢。里尔克在这里写出最重要的诗篇《杜伊诺哀歌》；理查德·伯顿在这里翻译《一千零一夜》；弗洛伊德在市火车站背后的巨大仓库里解剖鳗鱼，那些简陋的生物实验激发了他对“阉割情结”的好奇；不幸的温克尔曼游至此城，几天后离奇被杀，其中原委至今仍属谜案；此外，俄罗斯诗人蒲宁、奥地利画家席勒、音乐家托斯卡尼尼……都曾浪迹街头，把这里认作自己的他乡故里。

游荡在那些破败逼仄的街道，恍如穿越时空，这个曾经的欧洲文艺青年乌有之乡，竟然存放过那么多年轻灵魂的挣扎与疼痛，他们在这里释放了自己烟花般瞬时绽放的才华，然后走向死亡和他乡。这是一座欲火焚烧的城市，我所感到的茫然，也许只是它燃烧百年后残留下来的余烬。

我是循着一本书的指引来到的里雅斯特的。简·莫里斯是当代英国最优秀的游记文学家，第一次来到的里雅斯特时，她还是一个十六岁的少年。此后六十年，她先后作为男人、女人（中年做了变性手术）、青年、老人、士兵、作家来到这里，她的身份如同这个城市一样边缘和混杂，《的里雅斯特》是她写给这个小城的情书。

“这座神秘的海港，曾带给我如许的甜蜜与忧伤，不仅见证了我青春的消逝，更凝结了我一生的钟情。”写这本书的时候，简·莫里斯已是耄耋之年，她以略显沉溺的痴迷玩味着的里雅斯特的零落与消沉，一如品尝自己的人生。有评论说，《的里雅斯特》写出了莫里斯一辈子的流亡感，流亡于正统之外，流亡于国家之外，流亡于性别之外，好在最后有一个地方收留了她。一个人与一个地方的缘分，犹如一个人与另外一个人，都是万难的事，所以一个世纪后，被一种古怪的因由吸引，裤兜里揣着一本《的里雅斯特》，我追随至此。完美的游记文学就是这样，它有一种召唤性，召唤我们加入到作者的生命体验之中，也是回到我们自己的故乡，我们必须读懂那个地方，犹如简·莫里斯之于的里雅斯特，最后融为一体。

圣城

历史充满幽闭感，一座老城也是这样。太阳很高了，耶路撒冷老城还是暗得森严。巷道逼仄，曲扭细长，棚檐咬合处，天光闪电一样蜿蜒。两侧房屋由巨石垒砌，门窗细小。石头铺在地上，一条被漫长岁月踩踏的老街，是所有老城的标配。

不时有身穿大袍、头戴包巾、满脸胡须的阿拉伯人走过，犹太人走过，俄罗斯人走过，穿戴整齐背着书包上学的孩子走过。还有荷枪实弹的士兵，三三两两，闲散地驻守在某一个墙角，盯着我从这头走到那头，让人背颈出汗，这些保护城区安全的军人反倒让我紧张。

走进一条巷道，尽头是一座石桥，一个全副武装的光头小兵，才十五六岁吧，把着枪对我嚷，没听懂说什么，但知道是不让我往前走了。后来才知道，桥后面就是圣殿山，只有阿拉伯人能进出。

整个老城才一平方公里，却同时是犹太教、伊斯兰教和基督教的圣地。圣地不好当，是宝地大家都抢，所以现在这一平方公里的土地，却被四种力量分割盘踞：基督教区、犹太教区、穆斯林区和亚美尼亚区，各自为政。“耶路”是城，“撒冷”是和平，和平城千百年来却是狼烟之地，所罗门建了，亚述人灭，巴比伦毁，罗马人烧，这犬牙交错的城区里，不知游荡着多少无家可归的亡灵。

不过也正是这个特征，构成了耶路撒冷的特殊魅力。弹丸之地，世界几大宗教近在咫尺，不可思议。一平方公里的老城里，教堂数百个，人们都在仰望各自的神：俄罗斯人心向东正教，亚美尼亚人怀揣基督，犹太人念犹太经，伊斯兰教徒去金顶寺。各种复杂的宗教形态在此相容并存，那种亦敌亦友，相互排斥又互为依存的关系，容聚了历史、文化、地理与人性的诸多意味，确实是人类历史与社会的一朵奇葩。第二天我们访问以色列国会，议长先生讲了一句话：我们经过了漫长的牺牲，才学会彼此容忍。

议长先生讲这句话的时候，身后站着两个持枪保镖。环视全场，也就我们十来个人。想起进入国会大厦前，还在围墙上看到战争片中才能看到的铁丝网，贵为国家议会这样的首脑部门，都如此没有安全感，以色列究竟生存在一个什么样的环境里？

以色列犹太复国是个漫长的故事。公元73年，罗马军团在马萨达歼灭了最后一支反抗部队后，犹太人失去祖国，开始了长达近两千年的全球大流散。直到1947年，联合国表决通过了巴勒斯坦地区分治方案。就在第二天，以色列遭遇了中东联合部队的围剿，随后半个多世纪里打了五次战争，虽然都以以色列胜利告终，但生活在外族觊觎下的以色列也付出了惨痛的代价，“每个以色列家庭，都生活在亲人朋友随时可能离去的惶惶不安中”。

战争的阴霾时刻影响着这个国家的日常生活。我们来到一个小学，墙上悬挂的学生作品，十来岁的孩子，却多是战争题材；一家高档餐厅墙上的装饰品，相框里是铁骨铮铮的钉子；希伯来大学校园操场上，随时可见手持长枪的武装士兵；随车司机教我们安装一个app游戏软件，只要以色列向加沙发射导弹，都会接收到这个软件的通知，在我们看来恐怖的导弹发射对他们来说像玩游戏……

以色列是不折不扣的小国，国土狭小，缺乏纵深，人口不足千万，包括淡水在内的各种自然资源奇缺，又长期生活在邻国虎视眈眈的威逼之下。我们可能会下意识地认为，以色列经济凋敝水深火热。

可恰恰相反，作为中东地区唯一的民主国家，以色列人均GDP早已超过2万美元，风险资本投资是美国的2.5倍、欧洲国家的30余倍、中国的80倍、印度的350倍，也是2008年全球金融危机期间唯一一个风险资本投资大幅度增长的国家；以色列在纳斯达克上市的新兴企业总数约400家，超过了欧洲的总和，也超过日本、韩国、中国和印度四国的总和。一个在狭缝中生存的小国，在电信、IT、生命科学、现代农业、教育等多个领域，拥有一大批世界水平的新兴公司。

全世界都知道犹太人会做生意，《圣经》高高在上，这里不谈。犹太人还创造了一本地位堪比《圣经》的奇书《塔木德》，它里面六大章内容，都是生活实践和做生意的基本原则，这是全世界生意人的《圣经》。我们在特拉维夫大学拜访了博弈论的创立者，2005年诺贝尔经济学奖获得者奥曼，他给我们上了一堂课：用犹太智慧解释现代经济学，讲的就是《塔木德》。教授告诉我们，一千多年前塔木德就谈到了价格控制、开放市场和自由竞争的重要性，但现代社会直到二百五十年前，这些理论才被亚当·斯密提出。“经济学不只是关于产品和钱，更重要的是分析了解是什么促使人们这么去做。”

如果看到《塔木德》只是觉得犹太人商业厉害，就又想简单了。犹太人真正厉害的地方，在于他们相互矛盾，并能把矛盾的双方按各自的路径发展到极致。一方面他们非常务实，强调经验主义，解决实际问题；另一方面，他们又能以一种惊人的耐心和虔诚，去探寻世界抽象和空洞的本原，并以一种超拔的精神气质尊崇这种本原。所以，犹太人不仅在现代社会取得了巨大的商业成就，还产生了一大批思想和艺术巨擘：哲学家、唯物主义先驱斯宾诺莎，分析哲学创始人维特根斯坦，批判理性主义创始人波普尔，音乐家马勒、门德尔松、奥芬巴赫，文学大师卡夫卡、普鲁斯特、诺曼·梅勒、茨威格……更有人戏言，五个犹太人规划了这个世界：第一个是摩西，他说一切都是律法；第二个是耶稣，他说一切是苦难；第三个是马克思，他说一切都是资本；第四个是弗洛伊德，他说一切都是性；第五个是爱因斯坦，他说一切都是相对的。

心理学上有个托利得定理：测验一个人的智力是否上乘，只看脑子里能否同时容纳两种相反的思想，而无碍于其处世行事。一个人如此，一个民族、一个国家更是如此吧。方寸之地种族宗教林立；生存在战争的壕沟中，却能赢得经济和政治文明的高度发展；精于计算和逐利，却又不放弃对这个世界精神价值的追寻，“相信真理，同时也站在真理的对立面拥抱真理的敌人”。这需要多么开阔的胸怀和精妙的智慧。这就是耶路撒冷，这就是以色列，这就是犹太民族。

伊斯坦布尔的呼愁

土耳其航空公司TK021航班飞抵伊斯坦布尔的时间是凌晨四点。半睡半醒地下了飞机，晕忽忽地就被一辆车接走了。不知道开了多久，冷风一吹，彻底清醒。右边一路漆黑，裹挟着凛冽的寒意，我猜想那就是博斯普鲁斯海峡；左边隐约能看到一堵堵城墙，千疮百孔，杂树丛生，司机告诉我，那是从东罗马到奥斯曼时代遗留下来的城楼。一截一截巨大的墙体，破败厚重，延伸在浓黑的夜里，像时间一样静默。这才想起，我来到的这座古城，已经有两千七百年的历史了。

入住的酒店，原来是齐拉冈皇宫，最后一位土耳其帝王居住的宫殿。三百年前一把大火烧光，二十世纪末，由凯宾斯基集团改建为酒店。作为饰品，长廊两边，搁置着那场大火遗留下来的石柱，上面还可看到数百年里尘土和潮气浸染合成的污渍，被烧败的痕迹，百年伤残。

到房间，洗把脸，拉开窗帘，已经晨光微显。凭窗望去，就是博斯普鲁斯海峡。才早上七点，天色暗淡，海峡上浮动着一层雾霭，灰白的天光从紫褐色的云层间透现，天空低远而辽阔；船坞和笛鸣在雾的缝隙间隐现，海鸥挺立在生锈的驳船头，横跨欧亚大陆的博斯普鲁斯大桥在远处影影绰绰；隔着窄窄的海，亚洲还在欧洲的遥望中安睡。

这个早晨太安静了，很难想象千百年来，这道逼仄的海峡，多数时间都是刀光剑影炮声隆隆，经历了无数次轮回的繁盛和毁灭。早在古希腊时期，希腊人就在此建立了移民城市拜占庭。罗马帝国分裂后，东罗马帝国在拜占庭旧址建立了首都君士坦丁堡。直到公元1453年，奥斯曼土耳其人将其攻陷，改名为伊斯坦布尔。这是一个浓缩了拜占庭、波斯和伊斯兰三种文化精华的城市。

飞机落地才两个多小时，我就被有些错乱的时空弄晕了，两千多年的跨幅突然摆在面前，所谓历史，有时候就是一个这样的清晨。

接下来的几天，我拿着地图在伊市起落纵横的街市里穿行。城市广场，清真寺，博物馆，伊斯坦布尔大学，大大小小的市场，少有一个城市，混杂着如此众多的人种、饮食、建筑风貌和生活习性。从博斯普鲁斯海峡上的大桥上通过，欧洲色彩的街景渐渐演变为西亚特色的人种和建筑，这种强烈的变化只在短短的一小时车程内完成。

太多的景象，显示了这个城市曾经的荣耀，也有更多的景象，印证着这个城市现实的落寞。冬天的伊斯坦布尔，气质奇崛阴冷，昏暗的小巷，暗藏的通道，时常让人迷失。整个城市有非常多的古树，枝干遒劲，色泽深沉，一如土耳其人阴骘的神色。还有遍布全城的野猫，毛发杂乱，眼神哀怨倔强，嗖地横在你面前，瞪你一眼，然后又嗖地消失……街道的尽头，高楼的缝隙间，偶尔可以看到灰白色的博斯普鲁斯海峡，时隐时现，沉默而浩荡，护佑着这个城市。

好像历史上每个曾经伟大的帝国，都会遗留下这么一个残梦，从雅典、罗马，到中国的长安。一种文化，一个城市的由盛及衰，都会给后人引发一种类似疾病的精神磨难，有爱，有怨，有愤怒，还糅合了一种诗意的恩宠。土耳其作家帕慕克把这种落寞称为“呼愁”。在他眼里，伊斯坦布尔是一个黑白影像的城市，整整一百五十年，随着奥斯曼帝国的终结，它被过于荣耀的历史抛弃，被欧洲抛弃，痛苦地面对被整个世界淡忘的眼光。现在的伊斯坦布尔人，更像游荡在帝国残梦中不甘心的遗少，不能，也不愿逃离这种给他们带来疼痛的呼愁。“两千多年来，我出生的城市从来不曾像现在这样贫穷和孤立，废墟之城，充满帝国斜阳的忧伤。”帕慕克说，“我一生不是对抗这种忧伤，而是让它成为自己的忧伤。”这种无意识的忧伤淡漠而冗长。

帕慕克眼里的“呼愁”，已经不是某个孤独之人的忧伤，而是数百万人的群体忧伤，这种“呼愁”来自昔日帝国的辉煌、如今的寥落，也来自东西方地缘政治挤压下的挣扎。

历史上，作为一个强大帝国统治者的土耳其人，对亚洲的记忆是淡化的，他们一直往西看，像一个在向东行驶的列车里，却坚持向西行走的人。土耳其政教分离，信奉民主政治和市场经济，是最西方化的伊斯兰国家，其国父凯末尔更是为土耳其制定了“欧洲国家”的宏伟蓝图。到当代，一个重要表现就是渴望加入欧盟。但是，相对土耳其的热情，欧盟却一直以贫困、政治和经济的不稳定等多重因素为由，悬置其成员资格，欧盟之路疲惫不堪充满挫折感，造成土耳其对西方爱恨交织的情感。他们在一个世纪里全面拥抱西方的民主、自由和人权；另一方面，强烈的民族自尊心又让他们饱受西方的侮辱和伤害，致使他们不知道自己究竟隶属哪里，“松开了东方的秋千把手，却仍然在空中飘荡，没能落在西方的接网上”。这也构成了伊斯坦布尔人呼愁的一部分，我甚至在街道上看到大幅广告：“拜拜了，欧洲。”

离开伊市的当天下午，我和朋友在金角湾的加拉塔桥下吃烤鱼。一连几天天空阴郁，我开玩笑说伊斯坦布尔就应该是这样的天色，否则我不知道怎么面对它的阳光。餐厅里播放着一个土耳其歌手的歌唱，那是一个男声，旋律忧伤，音色悲悯，唱得随性而认命，声音里充满了伤痛，让人心疼。博斯普鲁斯海峡的水从我们脚下流过，两岸驳船纵横，笛声呜咽，人群杂乱拥堵却没什么声响。海峡两岸的清真寺不计其数，蒙古包似的穹顶像问天的眼，映衬着天空灰暗的轮廓。时而，空中会突然响起阿訇的祷告声，通过喇叭传播，声音非常大，像弥漫在整个城市上空的“呼愁”。这时候会有成千上万只受惊的乌鸦，在海峡上空盘旋而升，扑腾徘徊，表达着城市内心的幽怨和桀骜，那也许才是这座城市真正的灵魂。

Part 4

有关青春、生长、命运和滋养这样一些

最简单最基本的词语

每个人生命中最初始的诗意

是已经丧失、在随后的日子里被一再怀想的诗意

FERVENTLY

WISH YOUR JOURNEY

MAY BE LONG

前朝梦忆

万历年间，张岱坐马车去泰安。车停了，放在库里，被告之下面的路该步行了。前行余里，看见很多高楼，遇见载歌载舞的演艺界人士，以为到了。结果被告知还要往前走。来到一个红灯区，该到了吧，有服务生上来说还没到泰安城。再往前走，看见一个大餐馆，几百个跑堂的，奔声如雷。这才算到了泰安。住店，柜台登记，服务生问，您要享受几等服务？一等一人一席，有戏看；二等两人一席，也看戏。一二等除了山珍海味，还有舶来之物，方显档次。三等围坐，就没戏了，只能听曲儿。第二天登山，按等级一路地陪伺候……

多年来，我们习惯了农民革命史、宫廷斗争史、戏说八卦史，对真正构成历史血肉的日常生活史却所知寥寥。看张岱这篇笔记之前，没想到中国晚明社会已经如此香艳：车水马龙，市声如潮，金樽玉爵，恍若幻景。上个月去首都博物馆看“回望大明”展览，赫然看到一套永乐年间流行于江南书肆的欧几里得几何学译著，付梓于这一数学理论提出之后不到十年，可见当年文化交流之鼎盛；还有冯梦龙编辑的流行音乐合集，比《辞海》还厚；展品中有一个梅瓶，甜白釉器，薄胎暗花，有明显的乳浊感，瓶体素白，其富丽端庄完全映射出一个朝代的丰裕。

这几天翻看史景迁的《前朝梦忆》，才对晚明社会的富庶与悲怆有了另一层认知。史景迁讲述的是明末文人张岱的一生。全书从他流光溢彩的早年生活讲起，精舍美婢、鲜衣怒马、华灯烟火，按张岱自己的说法，“少为纨绔子弟，极爱繁华，好精舍，好美婢，好娈童，好鲜衣，好美食，好骏马，好华灯，好烟火，好梨园，好鼓吹，好古董，好花鸟……”性耽繁华，恣意横为。

谁又知道，藏匿于繁华生活背后的是一个趋于倾塌崩裂的国家，历史总以出其不意的毁灭来赢取后人的反复嗟叹。全书跟张岱的命运一样，好看的故事从一半的地方才开始。1644年清军入关，铁蹄声响彻关内，明王朝灭亡。江山易主，王朝改姓，昔日风流才子，转瞬成了旧王朝的遗民。殉国、投缳、沉水、自刎，或隐居逃禅，张岱的命运骤然进入人生颠沛流离的下阕，这时他已经四十八岁。

笙歌归院落，灯火下楼台，那是大户人家盛宴过后曲终人散的凄惶。从此，这个晚明遗子，昔日锦衣玉食的公子哥披发入山，形同野人，陪伴他的是缺腿的古鼎、断弦的琴、几本残书。他一边写作宏大明史《石匮书》，一边写薄薄的个人史《陶庵梦忆》，细梳自己华丽的过往，沉溺于自己的晚明梦。文人写史，多半是既糟蹋历史又浪费自己的才情，跟《石匮书》比，想来还是《陶庵梦忆》好看。张岱说写这书是为了“遥思往事，一一忏悔”，可我们看到的不是忏悔，而是对往昔生活梦呓般的眷恋。海明威说人生最大的遗憾，是一个人无法同时拥有青春和对青春的感受，这咒语放在这里也正适合，美好的过往总在痛失之后才美得惊心动魄。在张岱眼里，人生就是光彩耀目，审美乃是为人间至真，无论命运怎么崎岖，他只看到那些云走风流的好日子，只承认这样的好日子，只记得这样的好日子，也只表现这样的好日子，最后，在对一家一国的幽思和眷恋中度过残生。

说起来，张岱这样的文人，在中国历史上也不罕见。伯夷叔齐不食周粟；田横五百壮士杀身成仁；魏晋名士的“风景不殊，举目有江河之异”；李煜“故国不堪回首月明中”；直至王国维的“五十之年，只欠一死，经此世变，义无再辱”……前朝遗老遗少的忠贞节义，像一曲哀歌的和声，伴随着每一个朝代的更迭，成为千回万转的前朝梦忆，唱之不歇。“眼看他起高楼，眼看他宴宾客，眼看他楼塌了。”繁华梦易碎，凉风起天末，张岱写的不是一朝兴衰，而是千秋感慨。

偶开天眼观红尘

电视上放着新版《红楼梦》，大观园里的痴男怨女们姹紫嫣红，成住坏空，红楼一梦，想找《金瓶梅》来看看。张爱玲在《红楼梦魇》中说，这两本书是她“一切的源泉”，总有她的道理。

接触《金瓶梅》不是第一次。大学毕业分配到一个图书馆，难得那个图书馆有一套香港风华出的《绣像金瓶梅词话》，让同学们一阵艳羡。有个同学甚至用两个月的时间，每天下班后跑到我单位，潜入特别馆藏室，把书中香艳的情节抄录一遍，标作“精华本”在朋友中传阅。

我们那个年代的人，和《金瓶梅》的第一回合，多半以这样的方式开始和结束。等再次相遇，已是多年以后。多年后的这一回望，有点儿惊着了，原来四百年前，明万历年间，大运河畔清河县城的男男女女们，曾演绎了如此香艳惨淡的人世风光。我第一次在中国古代小说中看到对众生、对人性如此惨痛，又满怀悲悯的述说。

《三国演义》讲天下,《水浒传》讲侠义,《西游记》讲佛国理想，即使《红楼梦》，也追求至情至爱,《金瓶梅》讲述的却是一个没有任何理想和价值的世界，在那个商业鼎盛道统崩溃的年代，每个人都在获取、算计，在欲望中挣扎。

不管寻花问柳还是巴结权贵，西门庆说到底不过是追求肉身的快乐。那时候商人的地位卑微，他只有勾搭上当朝太师蔡京，才能获得基本的安全感。疯狂性爱贯穿全书，收用婢女，沉迷青楼，最后精竭而亡，至死也不知道他爱过谁，谁真正爱过他。临死前他和潘金莲泪眼相看意味深长，即便这生命的缘分只是性，已是难得。西门庆就是一个悖论，那些最热闹的也最令我们叹息，那些令人留恋的也往往最叫我们空虚。

以前只知道潘金莲是个妖精，没想到她身上还背负着那么多人命。潘金莲其实让人心疼，自幼被卖给各色人等，西门庆后来也因为另一个女人的钱财而将她冷落。出于女人的嫉恨，她训练白猫，一步步，最终害死李瓶儿的官儿，看到这些倒抽一口凉气。任何一个故事，触碰到人性的里子时，总轻松不起来。可她又错在哪里呢？不同于施耐庵笔下那个看似赤裸露骨的无良女子，兰陵笑笑生在《金瓶梅》中赋予了潘金莲一种悲悯。

再看李瓶儿，命运始于飘零。她早早就明白，真正的自主和幸福不在男人，不在美色，而在钱。她有钱，有美色，还是惶惶不可终日地找可以依附的男人，直到勾搭上西门庆，有了身孕，生下官儿，满以为人生出现了转机，儿子却又被潘金莲豢养的白猫害死。临死，终于换得西门庆的疼惜，可这全书难得一见的暖意究竟出于爱，还是钱，谁又说得清？

还有春梅、吴月娘、王六儿、韩爱姐、陈敬济……这些攀附求生贪痴卑微的因果轮回，反复落在《金瓶梅》各个角色的故事戏码之中，让人叹息。了不起的是，兰陵笑笑生没有用中国小说的正统观念对他们进行脸谱化的描写和批判，而是让我们看到，人生如此吊诡，这些都是“合理的人”，他们所演绎的，无非是一个普世的过程。无人不冤，有情皆孽，所有的人都会经历，谁也逃不过。那些小奸小恶、自私愚蠢、无耻贪婪的脸孔后边，都是一个个可怜人。难怪清人张竹波说《金瓶梅》是“菩萨学问”，“偶开天眼观红尘，可怜身是眼中人”，这不是悲观，而是透彻。

到最后，西门庆死，吴月娘和他所生的唯一子嗣孝儿出家，法名“明悟”，清风不见踪影。清河县上最华丽最奢靡的日子过去了，金兵南下扫荡一切。至此分南北宋两朝，新的故事又将登场。兰陵笑笑生笔下的人物一一转身，回望、远去，只留下大运河上舒缓波动的涟漪。他们也许都没有走远，只是用轮回的方式继续着这个故事，幻化成我们。

自由与微笑

1940年夏天，胡适在美国康奈尔大学最后一次见到导师、史学家布尔，在谈及英国文学家阿克顿的《自由史论》时，布尔说了一句话："我年纪越大，越感觉到容忍（tolerance）比自由更重要。"胡适后来说，这句话对他影响深远，"我竟觉得容忍是一切自由的根本，没有容忍，就没有自由"。

胡适从小性格嚣张，没有禁忌。十三岁那年去外婆家拜年，路经一座神庙，冲进去准备把里面的菩萨全给砸了。事后受母亲训斥，被迫带上贡品，去庙里赎罪，但自由随性的气焰始终没有泯灭。

另一面，胡适受教私塾，所读四书五经都是朱熹注本，受程朱理学影响，养成相对理性的思维方式，年岁越大，对自由与禁忌的考量也越多。

自由不是唯我独尊放纵自我，自由不是勒令世界按自己希望的方式生长，自由必须以异己的存在为前提。在一篇名为《容忍与自由》的文章里，胡适讲了三件事，说明容忍异己对于自由的重要性。

其一，胡适十七岁那年发表文章，痛骂《西游记》《水浒传》，“假于鬼神时日卜筮以疑众”，要求斩杀。没想到十多年后，当他举起自由主义反传统大旗，一群同样“卫道”的君子，也说他“假于鬼神时日卜筮以疑众”，要求予以斩杀。

其二，西方宗教改革后，原先向罗马教廷争自由、要宽容的新教徒，又反过来摧残异己，以“异端邪说”的罪名，将异见人士捆绑于柴堆，慢慢烧死。

其三，“五四”时期的陈独秀，一面赞同“容纳异议，自由讨论”的原则，一面又断言，在白话文问题上不容有反对者，“必以吾辈所主张者为绝对之是”。这句话尤其让胡适反感，他觉得，正是这种“我不会错”的态度，让他者丧失了自由，一切对异端的迫害，对异己的摧残，都由此而来。

人类总是习惯喜同恶异，不喜欢异于自己的人事，这是不容忍的根源。另一面，人和人又注定不一样，性格、思想、行为和信仰均有差异，这是人性的根源。两个根源的缠斗，引发了人类历史上的无数悲剧。其实争自由不是争夺一个真理，而是争取若干个真理能够并存，因为真理对面不一定是谬误，很可能站着另外一个真理。

容忍异己是自由的根本，是前提，如果不能容忍，自由就会成为它的反面——专制，必定导致思想的唯我独尊，政治上的极权。胡适深谙此理，对异见从不剑拔弩张。新文化运动中，植物学家胡先骕是个文化保守主义者，反对白话，在媒体上与胡适论战。1925年两胡在上海见面，一起照相。相片上的胡先骕非常严肃，胡适则满脸笑容，并在照片背后题词：我们是两个反对的朋友。可见胡适对不同意见的宽容。

道不同亦相与谋，胡适和陈独秀异乎寻常的关系，也充分展现了胡适不同凡人的大度和宽容。文学革命中，陈、胡两人并肩作战，是同志战友。1919年后，陈独秀左倾，走上暴力革命的道路，与主张改良的胡适渐行渐远。后来《北京晨报》被烧，陈大肆赞扬，胡认为是阻碍了言论自由，两人在报上开战。但胡适非常清楚一个原则，就是双方即便打得不可开交，也必须容忍异己的意见和信仰。后来陈独秀多次面临危难时刻，乃至最后去世，胡适都伸出援助之手，救济其家眷。在胡适那里，容纳异见既是对民主自由理念的坚持，也是必须完成的个人修为。

容忍的态度就是微笑。在现代中国一百多年风雨飘摇的历史里，胡适是个异端，但他是个微笑的异端。与横眉冷对的鲁迅不一样，胡适的历史形象温文儒雅，笑意满怀。以前翻过一本《胡适影像》，发现几乎所有的照片，胡适都以笑脸示人。

对胡适的历史了解越多，就越能发现，这种笑不只是一种表情，更是一种教养和襟怀，是对他人的体恤和尊重，是一种更舒展的自由主义态度。

《四十自述》里，胡适说他从小看到母亲维持一个大家庭的艰难。大嫂二嫂都喜欢将难看的脸色拿给别人看，丝毫不顾及他人感受，对此胡适有切肤之痛，“我渐渐明白……世间最下流的事，莫如把生气的脸摆给旁人看”。就是在这般的生活体认中，胡适学会了诚挚虚怀，善意待人，体谅尊重别人的感受，给人留余地，不把一张难看的脸拿给别人看。

胡适“容忍与自由”的思想，固然来自深刻的历史认知，但少年成长时期的家庭氛围，母亲的身教，无疑也是其重要的精神源流。

在一个戾气横行的社会，人人追求个性，发表观点，都自以为真理的化身，自由的目的就是消灭对方，自由的结果就是剥夺别人的自由，胡适这样的人往往被认为世故圆滑、犬儒、没有立场。但只有人生阅历丰富的人才知道，要做到这样并不容易，结合中国的忠恕之道和西方绅士精神，它需要更丰沛的心性、更开阔的智识，需要对人世更深切的体察和理解。这样的人可能并非一座高山，供人仰望，却是一条道路，引人走向远方。

前几年到台湾，前往位于台北南港的胡适墓园拜谒。沿着几级浅浅的台阶而上，一尊胡适青铜像出现在眼前。那天有雨，微寒，适之先生冷雨浇身，却依旧一抹浅笑，凝视着这个生前为之奔走的世界，满心悲悯。我想起鲁迅，同被誉为新文化运动旗手，鲁迅的姿态是“每以秽物掷人”，以牙还牙，一个都不宽恕！胡适则理性明哲，包容众见，坚定自由价值，却以宽恕待人处世，秉持“只有容忍异己，才能保障自由”的价值理念，自有一种肃穆和尊严。

2012年，是胡适离世五十周年。想起以前读过李慎之先生在浙江大学的一个演讲，说如果二十世纪是鲁迅的世纪，二十一世纪就是胡适的世纪。到底是谁的世纪不知道，但一个宽宏、丰富、多元并存，解放人性的自由世纪，肯定比充满敌对、仇恨、争斗和暴戾之气的革命世纪更让人向往。

安静的能量

上个月，在北大百年纪念堂看了一场南管古乐——《韩熙载夜宴图》。本来是幅画，讲的是南唐的一个宫廷故事：宦臣韩熙载为避免后主李煜的猜疑和嫉恨，每每夜宴宏开，漫声吟咏，徒歌弹唱，以声色韬晦。《韩》剧把这幅画还原成一台古乐戏，描述了一次韩府夜宴的全过程。

舞台清冷凝重，乐手和舞女典美素雅，和以茶道、花道、香道，处处弦外之音。当这幅千年长卷在素净涣漫的南乐中徐徐展开，你丝毫感受不到它背后的肃杀，而是被带入一种悠然、闲适、俯仰间穿透世事人心的沉静之气。

这种静，简直是中国人生哲学的精髓，穿越千年。

前两年在清华读过一个短期的EMBA班，学校的课去了两次就全逃了，倒是后来这个班组织的中国古文化游学一次没落。一次去曲阜上儒学课，到了胶东，有些惊讶地看到至今还残留着许多民间静修之地。或观或寺，或在深山僻处，有的就是洞穴。这些民间禅房，是民众实践安心静修之所。人们懂得，只有安静下来，内心的力量才会一点点积聚滋生出来，犹如沙坑滋水，在缓缓无声间充盈。

安静的能量，是数千年前齐国方士们开启和传承的，后来与佛教禅事融合，成为一种文化。古人的茶道、围棋、抚琴，甚至武术、禅修，都以安静功课为基础，传递出一种深长的静思意味。即便是京剧，哪怕锣鼓震天，可戏中人的体态韵律、念白及音乐，还是给人静远超脱之感。中国的古诗美文更是，就是重重叠叠急急促促，也会留下或隐或显的气口，这气口，就是为呼吸做准备的。有静，才有节奏，才有伺机而动的爆发。

2003年"非典"的时候跑到青城山。傍晚时分，山空人寂，跟一道士聊天，在指点一番天地人事之后，他无由地来一句：人在做大事前需有静气。中国的儒道释诸家，都非常重视对心与性的探究。"静以修身，俭以养德""心宁则智生，智生则事成"，古人很知道静的意义。静修可以精炼我们的知觉和意识，培养我们积极的情绪和内省的习惯，还能带给我们一些特殊的心理品质：明了，领悟，专注，沉静的爱与同情。

静的反面是躁。这是一个喧哗的时代，每个人都在努力求得，焦虑于被忘记。往来熙熙，滚滚红尘，静非常不容易，会被当作失败者，或显得矫情。但我们还是逆流而上，制作了《越轨者》专辑。他们曾经是经济海洋里的暴利获得者，曾经在强势媒体上如鱼得水坐拥话语权，他们或衔玉而生或少年得名，在这个社会的主流轨道上辗转拼杀。突然间，出于各自的原因，他们选择脱离轨道，划出一道轻逸的切线，脱轨而去：回到老家，生根发芽，在自家的园子里种植瓜果；从北京出发，搭车去柏林；或干脆把自己放逐在海上，以船为家，做个游民。

在一个喧哗的时代，他们选择了安静。与自己的内心相处，心平气和。跟整个急速前行的时代相比可能落伍了，在以成功和财富为主流标杆的社会系统里可能边缘了，但他们所成就的无疑是更重要的价值：尊重自己的内心，静心养性，不囿于世间喧闹，选择真正属于自己的生活方式，即便这种方式在社会主流眼里多么怪异离奇。

一个真正的文明社会，标准肯定不只在财富的积累，更在于生活方式的自由、多元与和谐，这也是*GQ*的价值观。静故了群动，空故纳万景。静不是消极，是一种建立在对自我真正认知基础上的力量，也是对躁动的超越。前人举大事前往往有一个仪式，沐浴更衣，焚香独守，让自己进入一个相对超然的空间，摆脱世俗之扰，求得一分潜沉。现代人生活热闹，独守不易，沐浴更衣还是能做到的。

让我们在时间面前心怀静气，那是能量之源。

英国表情

十分钟过去了，大家围坐一桌，还在谈天气：“最近天气不错。”“哦，是吗？”“就是有点儿凉。”“嗯，爱尔兰北部还下冻雨了。”“天哪，我还计划去度假呢！”“去南法吧，那儿天气好！”“嗯，好主意！”……

早就听说英国人喜欢用天气寒暄，没想到全球*GQ*总编年会这样的会议，开场后十多分钟我们还在谈论英伦三岛的阴晴雨雪。虽然聚集了全球十八个版本的*GQ*总编，但由于会议地点在伦敦，英国*GQ*和康泰纳仕国际部有近十人出席，所以会议还是有很重的英伦气息。

除了英国人，在座诸位多半都会不解，爱尔兰北部的冻雨跟我们有什么关系呢，需要聊这么久？俄罗斯*GQ*总编是个大胡子，忍不住插嘴了：“对俄罗斯而言，英国天气真是乖巧得可以忽略它的存在，有什么可谈的呢？”结果引来一小会儿冷场，一个英国人插话：“是吗？你是这么认为吗？”这在英国人已经是很不客气的提醒了。

老实说，我也没觉得英国天气多么有趣，值得谈那么久。其他地方恼人的天气，诸如季风、龙卷风、狂风暴雪，在英伦三岛全不存在。英国天气平淡无奇，可他们对天气话题何以这样着迷？想起一个作家说过，英国人执着于天气话题不是因为它的戏剧性，而是英国天气有它内在的趣味，就像英国乡村，大多数情况下，平静淡泊，人们着迷的不是天气本身，而是这种淡泊。罗素也说，英国人喜欢收听天气预报，就像收听熟悉的祷词，仿佛可以从中得到灵魂的安慰。这种对天气的痴迷，表明英国人作为岛民，血液中有一种对安全感、稳定感及持续感的深刻需求。

好吧，什么东西被作家一说就深刻了，一点儿也不淡泊。但我能理解那个英国人对俄国总编的态度，因为这个俄罗斯人犯了一个忌讳：一场有英式气质的交谈都要遵守一个潜规则，就是不要过分认真。人说话有时为了表达意思，有时没意思，只是一种气氛。可以严肃，但不要肃穆；可以认真，但不要当真。也难怪俄罗斯人犯忌，因为只有英国人才能把握这当中的微妙区别。

最近翻一本书，《英国人的言行潜规则》，据说一出版就在英国遭到围攻，有人认为它挑战和冒犯了全体英国人遵守的潜规则，泄露了太多英国人的秘密。书里说，英国人容易显现一种淡泊、冷静、对整个世界无动于衷的态度，这种被动、不当真、不显示情绪的习惯性意识，是一种随处可见的“英国表情”，从建筑小工到高价律师都是如此。他们认为，对他人对自己的某种产品过于激动是没有尊严的表现。

“得了，别胡扯了！”（Oh, come off it!）是英国人最热衷的嘲弄方式。如果要用一个短语来描述英国人，这个就是国家短语强有力的代表，它比自由民主更能代表英国人的精神逻辑。他们不会本着热切的信念，想着这个党那个党真的能让自己生活变好，如果有人来告诉他们，他们一定嗤之以鼻：“得了，别胡扯了！”

英国人这种不当真的散漫劲儿我喜欢。全世界人都知道英国人幽默，但英国人的幽默不只是积极乐观，其中有更微妙的形式：机智、讽刺、暗喻、戏谑、逗弄……这些携枪带棒的幽默是英国人在应付尴尬、难堪、惊慌和不安时最喜欢的一种方式。为了幽默，英国人不惜牺牲清晰度和效率。

可我也碰到过相反的情形。我老板就是个英国人，在筹备、创刊的那段时间，他事无巨细地质询我每一个选题的合理性，并对我能否如期实现抱有极大的忧虑，而我又是个不喜欢说大话给他承诺的人，这让他非常头疼。可头疼又怎么样？一个产品成不成，答案在市场而不是我的担保，一句大话在我脑子里出现，还不等它说出来，我自己就会在心里来一句：“得了，别胡扯了！”先把它吞下。这本来是种多么纯正的“英国表情”，却没有被一个真正的英国精英看懂。

还是那本书，《英国人的言行潜规则》里说，英国人极其不喜欢夸夸其谈自以为是的人，不喜欢过于夸张过于激烈的表情，无论是面包烤焦了还是恐怖分子袭击白金汉宫，你都应该用一种克制、“不过如此”的冷淡予以回应。英国人颇为得意自己这种被外国人普遍厌恶的冷淡，在他们看来，分寸是所有生活技巧里最高级的艺术，理智、节制情绪外露是成熟和尊重他人的表现。

在伦敦开会那阵子，正值英国上下庆祝女王登基六十年。我起先一直奇怪，在一个进入互联时代的现代社会，英国人何以对一个君王那么执迷，《卫报》一篇专栏让我窥其一二。文章说，现代英国，女王已经成为罕见的职责观念的化身。她不撂挑子，从不抱怨，不和媒体交谈，即使被漫画家丑化也从不抗议。她六十年来忠实地服务于国家，从不喊口号，任何场合，打扮符合人们预期，总能说出一些有分寸的话。人们对她的要求是稳定沉着，她做到了。她是当今世界极少数能控制好自己情感的公众人物之一。在这个充满背叛和变化的世界，她什么都不披露的表情和不动声色的微笑让人备感安慰。

可女王的孙子哈里却完全是另外一副面孔，他一度着装怪异，抽着大麻，殴打狗仔队，被媒体描述为“冒失无礼”“寡廉鲜耻”的王室败类，可最近却成为温莎王室里最受欢迎的人。当他在阿富汗巴斯营地的帐篷里向媒体露出招牌式的微笑时，这个粗鲁的坏小子改头换面变成了沙漠中训练有素的英国士兵，一个勇猛坚毅的王子，被称作英国君主制的未来杀手。

这又叫我们如何适应？人类学家雷纳在一本《英国人可称作人类吗》的书中，称英国人拥有世界上最古怪、最奇特的部落文化，这个社会最上层和最底层的阶级，具有非常多的相似之处，比如英国贵族和底层阶层一样，都坚定地反对知识，喜欢运动和赌博，都蔑视社会礼节，不在乎别人怎么想。也因此，英国最古怪最有名气的人，大多来自最高等或最低等的阶层，他们都能翻云覆雨般地得到国民的憎恨或喜爱，比如这个哈里王子。

中国平民

1927年春天，南京郊外的晓庄来了一群外乡人。他们在荒野上开垦，搭建茅草屋，修厕所，盖礼堂，造图书馆，建宿舍。

领头人是陶行知，中国平民教育先驱。陶先生1922年从美国学成归来，受蔡元培邀请任教北大。目睹国家民间教育的惨痛景象，寝食难安，认为“平民教育比精英教育更为迫切”，遂辞去教授待遇，告别大城市三代同堂的天伦之乐，脱下西装，穿上布衣草鞋，来到南京郊外生活贫瘠、鸦片赌博横行的乡村晓庄，筹建新式民间学堂。

在这一年《自由谈》新年特刊上，陶行知这样问：“我们充饥的油盐菜米面是从哪里来的？我们御寒的棉花丝绸是从哪里来的？我们安居的房屋所用的木石砖瓦是从哪里来的？我们今天不应该下乡拜年、下乡送礼、下乡报恩吗？”

晓庄师范不要少爷和小姐，不要文凭迷，不要书呆子。陶行知带领学生们自己建校舍，开荒垦地，施肥，把劳动创造的生活当每天的课程。陶行知提出晓庄学校培养学生的五个目标：科学的头脑，健壮的双手，农夫的身体，艺术的情趣，改造社会的精神。学校经费紧张，经常两顿稀饭一顿干饭，却有钢琴、小提琴、《大英百科全书》的课程。

教学理念上，晓庄师范独树一帜——“生活即教育”“社会即学校”“教学做合一”。在陶行知眼里，教学和改造社会是一回事，都是为了造就人，不是造就人上人，而是造就人中人，让人有人味。学生成为农民，自然放下身段，和周边的乡村连成一体，下意识地参与乡村建设。晓庄师范开办后不久，又在周围开办了更多的平民学校、乡村医院，江苏省民政厅评那一年的晓庄为“民有、民治、民享之乡村”。

“凡我脚步到的地方就是平民教育到的地方，一个一个去教，一步一步去做”，他自己编撰的《平民千字课》见人就送，累计发行五十万本。陶行知的目标是培养一百万个乡村教师，改变一百万个乡村，从而使整个中国富强起来。

1927年到1937年被称为民国的黄金十年，开放和民主，激起了社会知识分子投身社会改造的热情。还是在这期间，1929年，刚刚获得耶鲁博士学位的晏阳初，毕业第二天，就应募以北美基督教青年会战地服务干事的身份，远涉重洋，来到第一次世界大战后期的法国战场。那里有二十多万华工，挖战壕、救伤员，被称作“苦力”。

亲近接触，晏阳初第一次意识到这些“苦力”并非天生愚笨，目不识丁，而是因为从未有过受教育识字之机会。晏阳初决心教华工识字。他用白话文形式编写《华工周报》，每天授课。其间，他曾收到一封华工来信，信中称他为“晏先生大人”：“你自办报以来，天下事我都知道了，但你的报太便宜，恐怕以后不久会关门，我愿把战争中存下的三百六十五个法郎捐给你办报。”

这封信几乎改变了晏阳初的一生。“我重新认识‘苦力’，我不但发现了苦力的苦，还发现了苦力的力——摆脱自身命运的努力。苦力教育了我！”晏阳初立志不做官，不发财，不为文人学士效力，把终生献给劳苦大众，做好名副其实的“平民先生大人”。

两年后回国，晏阳初放弃唾手可得的名利和大城市生活，来到离北京四百公里的河北定县，展开实验性平民教育。随晏阳初前往的，是一批留洋回来的博士，阵容非常豪华：瞿菊农（哈佛大学哲学博士）、陈筑山（国立北京法政专科学校校长）、熊佛西（哈佛大学戏剧学博士）、冯锐（康奈尔大学农业经济学博士）、傅保琛（康奈尔大学乡村教育博士）、陆燮均（威斯康星大学博士）、陈志潜（哈佛大学医学院公共卫生硕士）……即便在今日，这份名单也实属壮观。

通过“定县实验”，晏阳初更加确信，中国农民自古以来患有四大病症，愚、贫、弱、私，平民教育就是培养人们的知识力、健康力、生产力、组织力，来战胜四大顽疾。他在定县推行的乡村教育，基本涵盖四大类：文艺教育、生计教育、卫生教育、公民教育。留洋博士们把乡村当作社会实验室，开办农民学校，教村民们识字遣词，学科学，改良农业技术，创办农民报，建立广播电台，开展农民戏剧，上演诗歌朗诵民谣演唱等—— 难以想象，八十年前的一个闭塞乡村已经有如此丰富的文化生态。

1933年，美国记者埃德加·斯诺走访定县，他在记录中写道:“定县人民，从外表上看，并没有什么和中国其他各地村民不同，但形成他们许多不同的地方，在于他们的心灵以及其整个生活的前途……黄土之中，一个年轻的农民用锄头写出：在中国扫除文盲；而旁边一位姑娘则写道：为国家塑造新公民。”

1929年到1931年，先后有近百位当时的社会精英人士举家搬到定县。晏阳初希望通过这样的平民教育实践，造就“一代新民”。

想起这两位中国平民教育的先驱，是在看完《智族GQ》本期报道《波士顿人》后。哈佛、麻省理工、布兰迪斯、百布森……世界上没有哪个地方像波士顿那样，聚集了如此密集的顶级大学和商学院，也聚集了密度最大的中国留学生。地域的特殊，造就了人才气质的特殊，这些面目全新的一代中国精英留学生，被称为“波士顿人”。

报道记录了“阳光书屋”项目的成员。杨临风从哈佛商学院毕业，创业计划是回中国农村做货郎，把零售商品带到贸易不便的云贵乡下，他同时创立一个帮助农民工从城市雇主手里争取权益的组织；秦玥飞在耶鲁读书的时候，就利用假期回国在湖南、甘肃的农村调查，研发出一款专为中国农村学生设计的平板电脑；还有刘禹奇，从肯尼迪学院毕业后，到湖南衡山贺家村做起了村官；杨歌在参与农村信息工程之前的履历是伊顿公学、沃顿商学院和BCG咨询公司……现在他们共同服务的项目是“阳光书屋”，致力于农村教育信息化。文章描绘了这群名校学生耳朵上插着香烟，披着军大衣，皮带上夹着手机，穿着防泥雨鞋到试点学校探访的场景。

继承陶行知、晏阳初先生的衣钵，这是新一代教育精英对中国乡村教育实践的延续。陶先生当年说：“我是个中国平民，去国外一趟好像成了贵族，回来我还是要做中国平民。”陶先生的意思，我的理解是，接受最精英的教育，仍要知行合一，乐于从事最乡土的实践。中国平民不只是个身份，还关涉价值观和信念：不管你有多强，守住弱；不管你多富有，守住质朴；不管你有多得意，守住谦卑。

当年，陶行知的晓庄师范有个教学方式叫“小先生制”，就是任何人，你知道一个道理，应该马上去告诉别人。“中国平民”就是我今天知道的道理，和你们分享。

教育诗

再见他已经十多年后。黑了，瘦了，不再光滑的脸，十多年岁月的烟尘，但牙齿很白，眼里还有光。那年大学毕业，他一人背起行囊回到老家湖北英山，在县里最好的中学当起了老师。后来几次同学聚会，也没有见到他。

8月，他到北京，带来一群孩子。那是今年从全县考上英山一中高中部的二十名学生。学校这么做，一是奖励他们已经取得的成绩，二是看看北大清华，用更清晰的目标激发他们考大学的斗志。

洁白的短袖衬衣，学生蓝长裤或短裙，这是一个中国普通县城的二十名优等生。这些孩子才十五六岁，没有城里孩子的放松和时髦，可面容纯净，目光清亮，一点儿也不土。

同学嘱咐我带几本杂志，“给他们开开眼界”。我带了三本。一本2006年的4月刊，封面专题《少年中国》。那篇报道记录了郎朗、韩寒、丁俊晖等一批二十岁出头少年的成长。一本

2006年9月刊，《100个中国人的梦想》。我们采访了100个各个行业各个阶层的普通中国人，记录了他们伟大或是卑微的梦想；第三本是2007年1月刊，《影响我们未来的100人·事·物》，希望那些有关未来的炫目图景能给孩子们以想象。

可能少见这样印制精良，又虚张声势的杂志，孩子们显然被吸引了，杂志里展现的世界对他们来说完全陌生。兴奋，茫然，还有的一脸矜持，那是一个少年面对花花世界的自尊。我无法确切知道这几本小书究竟给了他们什么，但还是感受到一种有关眼界、文明生活的影响和流传。我希望这几本杂志所展现的人生故事和生活品质，能够在课本之外丰富他们对未来的向往，开启梦想，激发他们对世界的好奇……在那个短暂一见的晚上，我想告诉他们的比几本杂志要多得多。

十多年前去过一次湘西凤凰，在沈从文的故居，碰到一对父子。父亲是湘西自治州作协的会员，儿子还在凤凰乡下一所中学读初二。父亲告诉我，他每年都会带上这个儿子来沈老故居一趟，沾沾灵气，为的是把儿子培养成一个大作家。儿子名字叫文玉，十六岁，高大壮实，喜欢读名人传记，胸怀抱负，但学习成绩不好，一再留级。他带我到故居四楼凉台上，看着凤凰古镇起伏错落的房屋，十分自豪地说，我们凤凰大吧，我要到县里最好的高中来读书。凤凰是他十六岁生命中到过最远的地方。

从故居出来，父子俩邀请，我们搭乘拖拉机，去他们乡下的家。颠簸三个小时，突突突突地进了深山，天越黑，夜越深，感觉陷入了山的重围。到他们家已经晚上9点。祖屋不算大，但有一百余年了，还没通上电，漆黑一片。地下挖个坑，点火架锅，算是炉子。吃什么已经记不得了，但那天晚上，围着炉子，对着他们全家，我这个平时没什么话的人不停地说了四个小时，告诉他们湘西之外的湖南，湖南之外的中国，中国之外的世界……我有股强烈的愿望，鼓动他们全家，支持这个十六岁的孩子考到州府去读高中，然后考到长沙甚至北京去读大学，这样才能摆脱深陷大山的命运，像他仰望的那些传记英雄一样实现梦想。如果走不出去，终有一天，他会被这里的大山围困，压死。乡下人睡觉早，平时9点就上床，可那天过了12点，一家人还振奋不已。我兴奋也疲惫，知道对这个偏远贫穷的家庭来说，那条路何其漫长。

第二天我要走了。临行前，文玉父亲在他们家院子里栽了一棵梨树，说是象征他儿子的梦想和我们的友情，“欢迎你每年都来，看看这棵树。”两个月后，收到文玉父亲给我寄来的一本《凤凰县志》，上面题了一首诗，愿我和文玉“严实勤恒，挚友一生”。接下来的半年，我不断给文玉寄一些考高中的学习资料，偶尔收到他励志信。可那年夏天考完高中，再也没收到他的消息。

十多年过去，老屋前的那棵树想必已是梨花灿烂。如果没有考取好的高中，大学自然更是遥不可及，年过三十的文玉是不是已经眉目黯然，留在山村，重复起他祖辈的生活？年少时的梦想，是不是已经被那间庞大、昏暗、没通电的老屋吞没？

这是一个失败的故事。文玉失去的不只是一所高中或者大学，而是改变自己心性和命运的机会。德国教育家第斯多惠说，“教育的意义不只是在传授知识，更重要的是善于唤醒、激励和鼓舞”，好的教育不是给你知识和技能，它是你生命中的诗歌。

两个月前碰到一个美国人彼得·海斯勒，《纽约客》驻北京记者。那个三十多岁的年轻人曾在密苏里大学修创意写作，获英国牛津大学文学博士。十二年前，他只身前往四川涪陵，在涪陵师范学院做了三年英文教师。在那个人口只有二十万的古城，他是一个世纪里第一个到达的美国人。

海斯勒对那个深锁在长江上游的古城没有偏见和恶意。他放弃大学里所学的后现代、后殖民、新历史主义的条条框框，用一种常识而人性的视点面对他看到的一切。他带着学生在涪陵喝茶看书，站在江边看“白鹤梁”自唐朝以来的水文石刻，沿着一千年前开凿在江边峭壁上的古老小径徒步旅行。他教学生诵读和理解莎士比亚十四行诗，描述九百年牛津古城的英伦典雅，解析冷战结束后的世界政治……这一切发生在十年前中国中部那个封闭的小城和学校，简直是个奇迹。现在他的学生遍及全国。在上海，南京，在北京，在香港，都会有当年的学生告诉他，那时候，他们确实从他身上，才感受到世界之大，还有完全不同的人类和生活。

这不是一个希望工程的故事。在我们每个人的少年、青年时期，都会遭遇或者错过一次重要启蒙，也许只有几十年后，我们才能意识到它对我们人生产生的重要影响。

跟朋友聊过，我人生有个无法挽回的遗恨，就是在学生时代没碰到过对我产生重大影响的老师。二十多年前，在那个近乎荒漠的年代，整个国家刚刚从一个噩梦中惊醒，没有互联网，没有流动，没有海量的资讯和信息，更没有自我意识和自由的意志，在一个人的青春期，最需要激情和养分的时候，我们像一只只土拨鼠，在没有方向的沙漠里寻找水源，几近渴死。后来有一天，在让人窒息枯井般的生活里突然看到一线天光——美国电影《死亡诗社》——让我如梦初醒，原来青春是这样的，好的教育是这样的：那所矜贵又沉闷的贵族中学，基廷老师像灯塔一样（久违的比喻，可没有比这个更合适的了）刷亮了学生们被功利、世俗蒙垢的心灵，理想、生命、勇敢、坚持、美与恶、诗与爱、仁慈与反抗，电影几乎隐含了我所能感受到的所有精神体验，影响了我的人生格局，一个懵懂无知的少年多么需要这样强有力的提携。开阔的胸襟，良好的趣味，纯正的世界观，这种精神的开启对我们危机四伏的人生多么重要啊。它在什么时候，以什么方式出现，都是机缘。它最终和时间一起，构成一个人的命运。

多年来，四处旅游中我养成了一个习惯，即到哪儿都喜欢去当地的学校看看。在湖南凤凰，我曾游荡在沈从文就读过的文昌阁小学。这个学校依山而建，古树参天，一排排平房教室掩映在风环雾饶的森林里，沈从文当年因逃学而被罚站的那株银杏已经是遮天蔽日。在德国海德堡，我见到了最漂亮的大学：山岚、河流、古战场遗址，还有那条黑格尔、韦伯、海德格尔散步的“哲学家小径”。柬埔寨，金边到吴哥灰土飞扬的公路上，唯一让人眼明心亮的就是散落在沿途的学校，白衬衣、蓝裤子、骑在自行车上飞奔的少年，给那些贫瘠破败的热带乡村带来最生动的生命想象。还有西藏，岗仁波齐峰下，我们的车在清晨经过一所高原学校，简陋的校舍和围墙，牛粪，炊烟和狗，背着书包、流着鼻涕、带着高寒笑容向我们挥手的孩子们……

这些场景总会给我温暖，让我想起有关学校、青春、生长、命运和滋养这样一些最简单最基本的词语。

那是我们每个人生命中最初始的诗意，是已经丧失，在随后的日子里被一再怀想的诗意。

哲匠

建筑师王澍前几天得了世界建筑最高端的普利兹克奖。评审词说他的建筑“扎根其历史背景，像任何伟大的建筑一样，永不过时并成为世界性的建筑”。

消息传来的时候，王澍正在一个新项目的施工现场，带着他的学生砌墙。“历史”“伟大”“世界”，普利兹克这些宏大的颁奖词，似乎与眼前这个双手还沾着粉灰的建筑工人没什么关系，但王澍领受得心安理得。“建筑师既要像哲学家一样思考，又要懂得熟练的技术活儿”，这就是他心目中的“哲匠”。

王澍主持中国美院建筑艺术学院，他要求学生在进入建筑学领域的初期，都要学会和灰、砌墙、木工等技术活儿。刚开始，那些开水都不会打的学生手磨出茧，扎出血，一样还是要在地里种植草木，在盆里实验种小麦。按王澍的理念，这些都是必须具备的“手活儿”。刚上学的学生不用谈建筑，只谈房子，王澍不愿他们因沉溺于“哲思”“艺术”概念，丧失了对建筑本体、基本功能的把握。培养“哲匠”，既能哲学思考，有艺术想象，又具备扎实的实践技能，是王澍教学的目标，也是他的方法论。

这让我想起两年前徐冰的一件作品《凤凰》。两只长三十米、宽六米的凤凰，全部由建筑废料拼接扎制而成。砸土机强悍的顶部用作凤凰头；脖子是挖土机臂，简洁有力；铁皮卷和红色安全帽结扎成背脊，锈迹斑斑的铁锹被焊制成羽翼；嘴、利爪由用于建筑消防的废弃龙头和金属管道改制；各种类型和型号的金属板条，被用作舒展飘逸的凤尾……

这完全颠覆了我们对凤凰五彩缤纷吉祥如意的想象。眼前的凤凰铁骨铮铮，伤痕累累，野蛮、凶猛、挣扎和不妥协；全身材料粗粝低廉，却凛然自尊，带有神性。可以想见，如果两只重达十二吨的金属巨鸟凌空驻留在北京CBD上方，该是多么奇特诡异的现实场景。

可在随后跟徐冰的一次访谈中，我才了解到，要实现这奇崛瑰丽的艺术想象，需要怎样的艰苦劳作和技术支持。为采集作品所需要的建筑废料，徐冰和他的工作组跑遍了全国数个城市上百个建筑工地，对千辛万苦收集来的废料进行筛选、切割、打磨，对上万件物料按预设的逻辑和节奏进行组装、拼接；作品最后要悬置空中，为保证绝对安全，需要对数以万计的连接点进行焊制、捆扎、螺丝穿钉，制定不同的安全标准并督促执行；为保证徐冰对整个作品最初设想的“建筑感和施工感”，项目组对所有部件，根据材料类型进行上锈和除锈，涂抹各种剂量的防腐材料……整个项目历时三年，其间经历了北京奥运，金融风暴，投资方的质疑、放弃和变更，这林林总总的一切，跟艺术想象和意义无关，跟作品的哲学价值无关，它们是悬置在那些形而上意义之外工匠般的苦力和技能，繁复而艰难。在最后的艺术成品上，我们看不到它们，但谁都知道，没有这样漫长、琐碎、机械劳苦的工作，艺术只能是空想。

这种哲与匠的关系，几乎体现在任何艺术当中。艺术需要灵感，需要哲思和浪漫，但艺术的实现也需要规则和纪律，需要繁难和具体的劳作。以前听音乐，一首歌一部曲子，觉得好美，旋律和想象萦人心魄。而前不久采访刘索拉，她却说："一个作曲家90%的工作都是技术活儿。你给我一个动机，我可以同时把它写成流行曲、爵士、摇滚、交响乐，甚至京韵大鼓，这就是技术，更像一个砌墙的工人，没那么浪漫。"

一次跟一个从事作曲的朋友聊天，他告诉我，将一个主题、一个动机衍化，发展成一部庞大、复杂的乐曲，光靠灵感是难以维持的。灵感具有突发、间歇、不可持续性，就那么一下下，倏忽即逝。当年贝多芬的Op.135（《F大调第十六弦乐四重奏》），只是写下了"Es muss Sein!"，翻译成英文是"It must be"。如果只有这一句，是不能成一个曲子的，贝多芬的技术能力，就在他对于主题动机的发展，"采用了模进的手法，向下大二度，对位声部则采取半音上行，与之呼应之后再通过拓展音区、齐奏、声部间的对答等一系列的方式，完成这首弦乐四重奏"——听上去好累，一点儿也不美。

中国人不说技术，喜欢说手艺。所谓"手艺"，就是因为长期劳作，对特定对象形成的一种操作感、分寸感、手感和质感，就像“庖丁解牛”，庖丁眼中无牛，牛在心里，解牛不用刀，“以神遇”，感受到牛的间隙，解牛才能够“依乎天理”，游刃有余，以致一把刀用了十九年还跟新买的一样。

去年在日本京都，清水寺旁，在一家叫“朝日堂”的茶具作坊里，我碰到一个正在做陶艺的老人。聊起天来，老师傅七十多岁，一辈子转过的陶轮不计其数，他说一件好的陶器，不是看上去的美，是摸出来的美。老人从少年时代就懂得，一切手艺都在于反复地做，重复，重复，再重复。老人说起，十二岁那年进作坊，师傅让他对着同一件样品制作五十件复制品，做完后统统砸掉，再重新做，做了再砸。整整一年，他都没有权利把自己任何一件作品保留下来。师傅告诉他，这么做有两个目的：一是让他明白，不要执迷于自己做的任何一件东西；二是懂得，手上的真功夫才是一切的基础。谁都想做出充满美丽意趣的作品，但手上没功夫，缺少对具体材料的感知，艺术就是空话。

看老人那双手，才知道什么叫手相：象牙般的肉色，手背筋骨盘虬，像出土文物，带着包浆，却又有长期把玩器物流露出来的尊贵。看他双手在那儿拿捏、塑形、拉坯、注浆、镟坯、挤压，翻飞自如，好像手和脑达成了一种信任关系，完全不受控制。成千上万次的反复，才使他的手获得了完全的自由，创造出技术精湛的艺品。你说这是“哲”还是“匠”，是技术还是艺术？

"崖山之后无中国"

禅房是永福寺的核心建筑。单层，人字形飞檐构造，透过窗格看进去，一片幽深。阳光从西边进来，十多道光柱，照在青黑色地砖上，漆黑铮亮。这个已有八百年历史的佛殿体量巨大，数十根粗壮的原木柱子，高十多米，顶天立地，一副楹联垂天而下："白华岩畔观性于根尘幻；翠柳渡头入流于心水清"，二十个大字笔力刚劲，气韵流畅……在一个日本禅寺，看到这样正宗的中国楹联，倍感亲切。

抬头，堂前悬挂的匾额"选佛场"，落款"大宋国径山无准书"，心里一惊，原来这是宋朝名刹杭州径山寺大住持无准留下的墨迹。

京都的永福寺，是日本佛教史上"第一国师"圣一法师创建的。圣一法师南宋末年到中国学习佛法，就是师从当年杭州径山寺一代名师无准。永福寺的整体构造、布局，包括禅院制度，也完全依照径山寺，至今寺院里还保存着圣一法师从中国带过来的法具、典籍。

我们到访的时候，正值红枫遍野，永福寺旁侧山谷里枫树色泽浓烈如火。陪同的友人说，枫树一般是五瓣叶，全日本只有永福寺的枫树叶分三瓣，这里的两千多棵枫树，就是八百年前圣一法师从中国带回来的树种。

三年前，我们做过一期专题“在日本发现唐朝”，以“茶道、花道、香道”三雅道的精神分析与鉴赏为核心，试图找回在日本尚存，而我们业已遗失的传统中国的风雅生活。这次我们再度东渡，遍访京都禅寺和高僧，想搞清楚中国宋元时期禅宗文化的传入，如何构筑了日本的社会伦理，并影响至今的生活哲学和审美趣味。续写《京都寻宋》，是一次悲喜交加的自我认知，充满了省察、失落、觉悟和慨叹。

因友人引见，这次我们见到一些学识、德行卓越，享有尊崇地位的日本高僧。他们门庭教派不一，但谈起中国唐宋佛学对日本文化精神的影响，满心谦恭，绝无搪塞，其姿态让我们这些后辈略有惶恐不适。在大德寺，禅师山田正宗给我们讲解晚唐诗人《早梅》里的“少”与“清寂”；在南宋名画《柿图》前体会“一”和“一切”；在建仁寺枯山水庭院前的禅坐中，我们感受“空”；最后，“林间暖酒烧红叶，石上题诗扫绿苔”，我们在泉田禅师诵读的白居易诗中感受“离别”……八百年过去，风流云散，我们只能在东瀛异域的想象中，感受唐宋茶仪的浪漫韵致了。

宋朝是中国历史上为数不多的人性化朝代。宋朝立国便实行文官政治，统治者奉行防守国策。在宋朝，经济发达，百姓做饭都烧煤而不是柴草，煤产量世界第一；宋代的兵器制作、铁钱铸造和农具所需要的钢铁产量，甚至超过几百年后工业革命时期，整个英国的钢铁产量。同时，宋朝也是一个商业贸易特别发达的朝代，河岸上有很多城市，江中的船舶川流不息，运载着大批的商品。

黄仁宇在《中国大历史》中感叹，“公元960年宋代开始，中国好像进入了现代。一种物质文化由此展开。”货币流通，火药发明，天文时钟、指南针、水利设施都一一显现。中国首次出现了以商业，而不是以行政为中心的大城市。

经济发展，又不热衷战事，宋人的生活富裕安逸，催化了文化的演进和生活形态的成熟。唐人“宁为百夫长，胜作一书生”，向往建功立业；而宋人则不再向往边塞，习武从军在他们看来是卑贱的职业。唐人的边塞壮丽无比，“秦时明月汉时关，万里长征人未还”；宋人则已是“浊酒一杯家万里”“羌管悠悠霜满地”。如果说唐诗是少年，宋诗已经是人到中年的冷静和省思。梅兰竹菊在宋代以后被称为“四君子”，成为中国文化中代表性的意象组合，说明宋时文人已经度过中国文化精神的青春期，开始走向内敛和成熟，史景迁甚至认为，中国文化发展到宋代“已经烂熟”。

宋之前的中国，都是正统的儒家文化国度，是发祥地，也是文化中心。日本等东亚诸国都很尊崇，认为这样的中国才是他们的老师，日本的僧侣和社会上层都以能熟读唐诗宋词为荣，贵族书写都用汉字，以表示自己的正宗学识；日本富足家庭甚至让他们的女子来大宋“借种”，以改良他们的后人。12世纪开始，由于航海和气象技术的进步，大量商人和佛教僧侣往来于日本和中国，日本从宋进口的丝绸茶叶、琥珀金饰，都是贵族生活的奢侈品，中日交流进入鼎盛时期。

但是，这一切在公元1279年戛然而止。南宋末年，草原上崛起的蒙古军队大举南下，1279年，与宋朝军队在崖山（今广东新会南崖门镇）打了一场大规模海战。对垒双方共投入兵力五十余万，动用战船一千五百多艘，最后宋军战败，八岁的南宋皇帝赵昺投海，随行军民亦相继跳海殉国。崖山之战后，海上浮尸十万，当时宋朝的多数社会精英要么投海自尽，要么流亡海外。

这场战役以元军胜利、宋军全军覆灭告终，它意味着南宋的彻底灭亡。崖山之战是中国历史的重要转折点。发展的进程被打断，市民社会的发育，新型商业经济的发展，以及科学技术的创新都由此被断送，中国社会文明进程急转而下。整个精英阶层多数殉国，一脉相承数千年的文明由此产生断层。宋朝的灭亡，绝对不是简单意义上的改朝换代……有史学家认为，这场战役的结果标志着古典意义中华文明的衰败与陨落，因此有“崖山之后无中国”一说。

南宋亡国的消息传到日本，日本举国守孝，他们认为自己的老师或同宗灭亡了，伤感悲戚。元世祖忽必烈因日本不肯臣服，派大军往攻，结果船队被暴风雨所摧毁，日本人从此将此风称为“神风”。

宋元之间的战争是中国历史上双方文明水平最悬殊的战争。一个是正向资本主义发展的封建顶期文明，一个是游牧民族刚刚退出原始时期的初期文明。战争的结果，是一个工商业发达、经济繁荣、人们生活富裕的先进文明被落后的游牧民族所灭，民众遭到屠杀和侮辱。被国际史学界誉为“现代的拂晓时辰”的宋汉文明，过了几百年都没有恢复元气。

宋以后，那个自信、开放、宽容的民族不见了，那个商业发达、文思喷涌的社会不见了，中国文化对日本社会的输送几近停止。在日本研读南宋灭亡的这段历史，尤为心痛。

史景迁评价宋朝是“全球范围内的第一个中国世纪”，可崖山海战断送了这一切。陈寅恪先生也有如是评说：“华夏民族之文化，历数千载之演进，而造极于赵宋之世，后渐衰微……”倒是在一本回忆文集里，看到一位伟人对这段历史的洞见，让人惊讶。他说，南宋流亡政权不应该在崖山做殊死搏斗，而应该带兵到海南岛去，到台湾去，全面退守，伺机复兴其文明。

历史反复推演着同样的故事，思千年之后的风云际变，尤生感喟。

拯救与逍遥

玻璃罩里，展开摊放着一本1903年英文版《道德经》，书已破旧，原籍空白的地方，写满密密的俄文，水笔印迹，百余年了，已经浅显模糊，那是列夫·托尔斯泰的手迹。可以想象一百多年前，大雪覆盖的雅斯纳亚·波良纳庄园里，一个年近八旬的老人，在昏暗的油灯下，孜孜以求，把英版《道德经》翻译成俄文的情形。

展柜一旁注文："在生命晚年，托尔斯泰把中国道家文化与基督之爱相提并论，他认为，老子学说本质上就是基督学说。"看完国家博物馆"托尔斯泰与他的时代"展览后才知道，托翁对中国文化兴趣浓厚，曾遍阅中国古代哲人著作，尤其是老庄。道家思想对晚年的托尔斯泰产生过重大影响，托尔斯泰因而被称为俄国道学第一人。

托尔斯泰1828年出生在一个老派的俄国贵族家庭，一直被习惯尊称为托尔斯泰伯爵。他喜欢深思，怯于和别人交往，为自己长了一双灰色的小眼睛自惭，有一种天生的自我锁闭的性格。

不知道为什么，在那样一个殷实丰裕的贵族家庭里，却生长出这么一个柔弱谦卑的灵魂。托尔斯泰从小接受东正教的洗礼，成为基督徒。自身的缺点和内敛的性格，使他成为一个洞悉社会苦难的人。他思考生活的意义，探讨道德规范，寻找人民灾难深重的原因，探索摆脱困境的出路，被称为“俄罗斯人民的良心”。他的思想体系在俄国被称为托尔斯泰主义，其最核心的部分是基督教的博爱和忍耐，并由此发展成非暴力、不抵抗的和平思想。展览里，有部不间断循环放映的纪录片，一个俄国托尔斯泰专家谈到中国道学里“贵柔”的思想对托翁的影响，他说托尔斯泰主义是“福音书”和东方宗教哲学的综合体。

不抵抗和平主义，“勿以暴力抗恶”是托尔斯泰主义的重要构成。它既来自《圣经》的《马太福音》，也是与中国道教思想同出一脉。道教是一种清静无为、自然清真的价值观念。道教以冷静超然的态度对待现实生活，超越功名利禄，在冥想中寻求境界，退让、妥协、无为而治是老子之道的核心。

托尔斯泰也把“不以暴力抗恶”“忍耐”“无为”的思想化入他的作品。《战争与和平》中，库图佐夫的座右铭是“忍耐和时间”，他以消极无为的倦怠，嘲笑人世间一切不可一世的奔忙，他奉行以静制动、以退为守、以柔克刚的东方精神；另一个人物卡拉塔耶夫更是体现了托尔斯泰的退守忍让、消极无为，即使在屈辱的俘虏生活中，也泰然自得，随遇而安。

因此也就有了禁欲，有了非暴力抵抗邪恶的主张，有了深沉的悲观主义调性，有了任何物质的东西都微不足道的信念，也就有对“精神”、对“万物本源”的信仰……这一切都与古老东方文化的道统遥相呼应，不谋而合。

然而，一切肯定又不止于此，否则无法解释俄罗斯和中国文学传统及民族心性的巨大差异。空阔的展览空间里，河流般流淌着柴可夫斯基《如歌的行板》，似沉重的悲吟，以仁爱、退让、道德的自我完善为共同价值诉求的基督教与老庄文化，在共同呼吸的同时，又在哪里相互错身分道扬镳了呢？

面对“满纸荒唐言，一把辛酸泪”的人世，中国道家确立的生命感觉，是净化的心智和情怀，其具体应对方法是坐忘、无我、淡泊，超凡脱俗，有种“算了”的境界。一如庄禅文化的代表人物陶渊明，尘世无果后，他寻求的出路是放弃价值关切，以换取自我灵魂的安泰和清虚。“人生贵得适意”，成为个体心灵在清虚孤寂中安身立命的精神SPA。

而基督教尤其是东正教，则无法将自身置之度外，而是反求诸己，对忏悔予以更大期待。这赋予俄罗斯文学受难和爱的特殊气质，构成了俄罗斯文学的重要源泉。俄罗斯作家必须给受恶摧残的人和世界找到价值根基，不然他的灵魂不得安息。在少不更事的年龄，囫囵读过托尔斯泰的《童年·少年·青年》，故事都忘了，但小说描述十六岁的主人公如何独自一人，在拂晓时乘着马车去修道院忏悔的情节，记忆犹新：原野，晨雾，树叶落尽的森林，马车上一个满怀心事的少年，多美啊。

这是一种沉郁的美，也是俄罗斯文学特有的气质。去年到俄罗斯，第一次见到伏尔加河，贴着它走了两天，那么宽广、混浊，缓慢而沉默，一副心事重重的样子，你会觉得，这条河流养育的人和文学，就不会是轻松的。

面对国难和民生的多艰，俄罗斯作家没有中国文人的超脱，他们被“自己有罪”的念头折磨，活得恐惧而卑微。刘晓枫说，大凡个体与外界出现对立与冲突的时候，总不免会产生两条道路，即救赎之路与审美之路，这是中西文化的分水岭。我们看到，寄情诗文、退隐田园、纵情山水、披发佯狂的中国传统文人，选择的审美之路是“逍遥”；而以原罪精神为主旨的西方基督徒，以托尔斯泰为代表，则选择了救赎之路——“拯救”，即对人性及生存意义的不息追问。最后，审美情怀依靠一种精神假象逾越了现世的恶，可基督情怀则以笨拙找死的姿态承负了现世的恶。

庄子看得很透，他深知人世的本质就是残缺，无法消解克服，人生的意义唯有退守生命的残缺，在欠缺中安之若素。李泽厚把乐感视为中国文化的精神意向，其中尤以道家为甚，更强调自然的本能感觉，不倚仗外部事物获得快乐，更有自足性，其最高境界是陶然忘机的生命沉醉。

而基督教是爱的宗教，因负恶而沉重，要的是救赎，不是解脱。托翁不要，也不知道如何轻松地去爱。俄罗斯文学的另一座高峰陀思妥耶夫斯基在一封给友人的信中说：“在这个地球上，我们确实只能带着痛苦的心情去爱，只能在苦难中去爱。我们不能用别的方式去爱，也不知道还有其他方式的爱。为了爱，我甘愿忍受苦难，我渴望流着泪亲吻我离开的地球，我不愿在另一个地球上死而复生。”按现在的说法，就是追求一种虐心的爱。

托尔斯泰的负重感强烈地吸引着我们，同时也让我们紧张和反感，因为他不让我们活得轻松，迫使我们去想“为什么而活”，很少有人经得起这样的追问。希望活得更明白的想法容易把人逼入绝路。

果然，托尔斯泰最后把自己逼上了绝路。写完《复活》，托尔斯泰抛弃了上层地主贵族的传统观念，回到宗法制度的农民立场，但那个巨大的问题，如何消弭地主和农民之间的鸿沟——这在我们今天看来是个多么天真的问题——还是没能解决。于是，为了自己的信仰，托尔斯泰背叛了自己的贵族家庭，离家出走，“我不能在一个奢侈环境中做一个掠夺者”。他和贫苦农民挤在火车破旧而臭气熏天的三等车厢里，“非常愉快”。《圣经》里，耶稣被宣判死刑后，背负十字架被押往山坡上，这条著名的路线被后世称为“苦路”，这也是任何一个圣徒的救赎之路，至今还存在于耶路撒冷。离开富足的家园，托尔斯泰踏上自己的“苦路”，这绝对不会是老庄后人的选择。

仅仅十天后，这颗“俄罗斯人民的良心”，八十二岁的老人就客死在一个偏远的小火车站，那是1910年一个风雪弥漫的冬夜。有时想，幸亏离开了富贵的雅斯纳亚·波良纳庄园，能在这条贫瘠艰难、漫无止境的救赎之路上离开这个世界，终是托翁此生最后的圆满和欢喜。

孟加拉虎

笔直纤细的双腿，镜头上移，是长款呢料旧式大衣，最后出现一张年轻干净的脸，迎着阳光，眼睛半眯，鼻翼上有早春的灰尘粒子游动，金发熠熠生辉—— 这是电影《心之全蚀》里，十九世纪天才诗人兰波的出场。那天，他从法国南部一个乡村小镇，来到名流云集的文化之都，像李白初到长安，几首诗，就征服了巴黎。

十八岁的兰波有种轻薄恣意的美好，才华和美艳在他的金发白肤上闪光，咄咄逼人又毫无心机。他十五岁所写的两首诗《元音》和《醉舟》，实践了波德莱尔“感觉交响乐”的梦想，成为象征主义诗歌的重要代表。他提出“诗人应该成为灵视者”这一概念，更对后来的超现实主义运动，甚至意识流小说产生重要影响。

在巴黎，兰波结识了另一个大诗人魏尔伦，后者为他的天才吸引，抛家弃子，和他出走，两人在伦敦、比利时过了两年的共同生活，这是十九世纪欧洲文坛最为惊世骇俗的“败德事件”。1873年，这段“孽恋”最终因为兰波想回巴黎，被魏尔伦开枪打伤而完结。一个月后，兰波写出了他最杰出的诗篇《地狱一季》，并从此封笔，时年十九岁，结束了作为一个诗人的写作生涯。

很可惜，电影对兰波随后的生活兴趣不大，语焉不详。但我恰恰觉得，不再写诗的兰波，才真正开始了作为一个伟大诗人的旅程。

对于一个诗人而言，有比写诗更迷人的生活吗？此后发生的事不可理喻：兰波离开法国，开始在欧洲大陆徒步旅行。他甚至加入了荷兰的军队，只是为了免费去印度尼西亚的爪哇。十多年里，他到过南欧、北欧，亚洲、非洲，当过荷兰和美国的雇佣兵、殖民地监工、武器走私贩、咖啡出口商、摄影记者、勘探队员……后来在北非、西亚等地待了十二年，重病缠身，“过着世上最悲惨的生活”。直到1891年，他脚上的肿瘤恶化，才不得不回法国做截肢手术，但已无济于事。是年年底，兰波死在马赛，终年三十七岁。

兰波的早期诗作已抒发他对流浪、冒险、自由的向往之情，“我的生命如此辽阔，以至于不能仅仅献给诗与美”。践履自由意志，尊崇内心向往，在他生命中有超越一切的价值，甚至超越诗歌本身。他放任自己对奇幻漂流旅程进行天马行空式的歌唱，沉醉于行程的意外多变，拒绝在任何地方逗留——“生活在他乡”，兰波十九岁写下这样的诗句，流浪才是他内心更为汹涌的暗流。

诗以后的生命，就是兰波以生命去实践诗的过程。或许那才是诗人真正生命的开始，才是比诗歌本身更重要的东西。

摆脱社会赋予的一切功利，尊崇自己内心的价值和呼唤，在西方是众多人生故事的母题。

查尔斯·斯特里克兰在伦敦银行工作，长得一般，资质平平，有老婆孩子，勤勤恳恳养家糊口，他不爱说话，即便开口，也多半无趣无味。可你想不到，突然有一天，他留下一张纸条“晚饭准备好了”，就离开自己共同生活了十七年的妻子和两个孩子，去了外省，开始从头学习绘画，他要做一个画家。

这是毛姆在《月亮和六便士》里讲的故事。看过小说的人都知道，这并不是一个追梦人如何历尽艰险实现辉煌的励志故事，事实上查尔斯·斯特里克兰很不走运。五年之后，他贫病交加，躺在小阁楼里奄奄一息，接受朋友救济。后来，他沦落街头成了码头工人。又过几年，他自我流放到太平洋的一个小岛上，身患麻风病，双目失明，临死之前叫人把他的巅峰之作付之一炬。十五年里，这个本来前程光明的伦敦股票交易员丧失城市，丧失身份，丧失亲情，丧失健康的身体，在别人眼里他丧失了一切。可查尔斯也许不这么想。他热爱绘画，“我必须画画，就像溺水的人必须挣扎”。在他看来，人的每一种身份无非是一种自我绑架，唯有丧失，才是通向自由之途。在人们竭力追求功名利禄、满足于舒适安逸的生活时，他拒绝成为“人们”里的那个“们”，满地都是六便士，他却抬头看见了月亮。

最后，在太平洋的荒岛上，他衰老，他疾病缠身，他一无所有，但他临死的时候，面对自己内心，获得了安详和宁静。做了自己想做的事，于人生而言，这可能才是最后的胜利。

是什么力量，促使兰波放弃诗歌，放弃魏尔伦，放逐自己过上一种居无定所满地找牙的生活？又是什么力量，让混上中产阶级生活的查尔斯告别安居乐业，即便最后成为一个瞎了眼的麻风病老人，飘零在太平洋的孤岛上？前不久我们再次见识到这个力量，就是李安《少年派的奇幻漂流》里的那只孟加拉虎。

一次访谈中，李安说，拍这样一部凶猛惨烈的影片，是因为自己内心一直潜藏着一只桀骜不驯的孟加拉虎。那不是我们惯常见到的，温文尔雅、功名卓著的李安，那是压抑着欲望，内心纠结和不安的李安。这只虎“是被自己隐藏的另一个自我，是你们看不到的我”。影片拍摄四年，充满了怕和焦虑，“这只虎让我很不愉快，但没有它，这四年我将一事无成”。正是有了这只虎，四年里，李安得以和自己内心最深处、最孤独的部分相处，“意识到自己的另外一种力量”。

生活在现代，每个人都被社会塑造，不管我们外在如何光鲜，如何一步步登堂入室，合乎逻辑，但心里都隐藏着一头猛虎，那很可能是迥异于社会主流逻辑的另一种本能。它不主流、不正确、不成功也不显赫，但很有可能，它才是让我们生命死灰复燃的力量。与这种力量周旋并不愉快，它是我们的欲望，也是我们的恐惧，它给我们冲动和臆想，也给我们威胁，让我们不安，但正是它的存在，才保持我们精神上的警觉，激发我们全部的生命力与之共存。犹如那只孟加拉虎，谁都知道，茫茫大洋之上，没有那只虎，少年派早就葬身海底了。

下流与智慧

这么好的题目可不是我想出来的。美国的流行文化英雄们经常像参透人生的大师，说话做事总是石破天惊。麦当娜今年2月带着她的电影《下流与智慧》参加柏林电影节后，5月她又带着这部电影走上了戛纳的红地毯。“我一直受到戈达尔、维斯康蒂、费里尼的电影的启发。积聚了三十年，”麦姐说，“现在我决定把自己的钱花在我的嘴巴上。”

在这部令人惊骇的电影中，人们看到了这位女皇的前半生。三个蜗居在伦敦公寓的年轻人各自怀有伟大的梦想：AK想带领Gogol Bordello乐队成为摇滚巨星；赫丽梦想进入皇家芭蕾舞团；朱丽叶致力于慈善事业，想去非洲资助那里的贫困儿童。但现实与梦想之间的距离如此残酷：赫丽为了生计做了钢管舞女；朱丽叶只是一个药店售货员，忍受着老板的性骚扰，时不时从店里顺点药；AK赚钱的途径不是音乐，而是异装扮演女王为客人提供SM服务，他同时还是个业余哲学家，经常直接跳出来对观众宣讲自己的哲学观点："下流与智慧是一枚硬币的两面，没有下流，就没有智慧。"——这像极了麦姐自己对这部电影的标榜："下流污秽的道路往往通向充满智慧的终点。"

在一个道德感深重的文化里，要理会这句话还真有点犯忌。"下流"指代一切淫邪、低劣的东西，从来为人所不齿；而智慧则是人生追逐的高尚目标，冰清玉洁。下流和智慧，云泥之别，地狱天堂，何以轮转？

而世事的精妙，可能正在这翻云覆雨柳暗花明的暗转与反打之中。就像禁忌总伴随着快感，绝境引发挑战；就像从来没有没有背面的硬币，下流和智慧在很多时候，互为表里，互为依存。

捷克小说家米兰·昆德拉有篇小说叫《无知》，讲述了一个流亡与回乡的故事。主人公约瑟夫离开捷克二十年后回到祖国，痛苦地发现自己对母语已全然陌生。每句话都听得懂，但声调音色毫无感情，完全无法唤醒一位流亡者对祖国的思念。直到有一天遇到伊莱娜，一个他没什么感觉的女人。在旅馆，伊莱娜突然用捷克语说了一句脏话，约瑟夫如雷贯耳，彻底被激发了。二十年来，他第一次听到捷克语说出来的脏话，那些粗糙、肮脏的字眼只有用捷克语说出来才对他发生作用，那语言像根一样，是埋在心底里的性欲，从其生命的源头，向他灌注养分和激情，约瑟夫顿时兴奋异常，在短短的数十秒时间内，开始做爱了。

这一段让人看得瞠目结舌。它如此下流，又如此审美。在此之前从没想过，下流的脏话在词源学上还有这样深刻的蕴藏，它在语义的本源，凝聚着一个民族母语最初始最充沛的原动力，在之后的百年千年里，唤起一代又一代人的冲动和激情。由此看，可能每一个民族语言的智慧都是从“下流”开始的。难怪一代大儒辜鸿铭曾经戏言：骂我吧，让我感受到汉字的神秘之美。

语言学上有个常识，当人们聚在一起，越放松，讲话中咒骂的成分就越多。语言的一大功能就是调节人与人关系的交际手段，如同一根烟或一杯酒能拉近男人之间的距离。美国黑人饶舌音乐，也就是我们通常所说的RAP，那些歌基本上就是脏话集锦，除了节奏感强烈以外，脏话也是RAP听起来很带劲的重要原因，时髦的说法叫“原生态”。杰克逊有一首歌叫*Bad*，bad当然是坏的意思，但是这首歌翻译过来叫作“真棒”。因为这首歌的流行，you are bad成了一种口头禅。这真是一句天才的翻译，下流属性的“坏”轻松地完成了一个跨文化的审美转换，智慧指数不可谓不高。

世界文学史上，诗人眼里似乎只有春天和上帝，妓女无疑是被人唾弃的卑微角色。可终于有大诗人将这貌似不可跨越的鸿沟填平。犹太妓女、末流演员、贫瘠的混血少女，正是这些“下流”社会的女人，成就了波德莱尔《恶之花》的审美标高。惠特曼更有一首诗直接叫《给妓女》：“只要太阳不排斥你，我也不排斥你……”这不是充满道德优越感的无聊标榜，而是“体现人类良知”的诗人，在下流和智慧之间构筑起的平等和悲悯。

世事的复杂性还在于，关于下流和智慧，究竟谁高谁下，谁真谁假，谁比谁更有意义，更接近生命本身，还真是晦明莫辩。下流就注定下流？智慧就果真智慧？前几天跟一个朋友聊天，很开眼界。他说，事业上再大的成就，在生活的成就面前都不堪一击。我问他什么是“生活的成就”，他说，就是健康、快乐、善良和愚蠢。他说自己前半辈子一直在追求智慧，现在想通了，回过头来追求愚蠢。他越来越羡慕那种没有智慧、放纵本能的生活，“我现在很注重感官享受，鼓励自己沉迷于味觉、视觉、幻觉……还有性”—— 好像都是些“下流”的东西。他已经不瘦了，可他不能忍受嘴馋，经常暴饮暴食。他说现在太多人有太多智慧，太把智慧当回事，最后花费极高的智慧成本抵达愚蠢，然后假嗨。他在说自己吗？我被他绕晕了，不过他的意思我是明白的。平心而论，我对他的前景并不看好，在我看来，以他的阐释，人由蠢变智慧相对容易，由智慧变蠢蛮难的。

有些人选择智慧，最终却不可遏止地变得下流；有些人选择了下流，最终却抵达智慧。其间的因果轮换，是非纠缠，哪里说得清？麦当娜到底是麦当娜，头脑和身体一样优异，还是她的一句话醍醐灌顶：如果我们能够接触到自己内心的邪恶，我们所有人都能够找到心灵的平静和快乐。

日暮乡关何处是

历史是我最喜欢又最不愿相信的事情之一。公元755年，在中国数千年历史中，是极为关键的决定国家走向的年份。那一年，来自遥远边塞的一个高级军官发动叛乱，烽烟四起，使中国北方陷入长期动荡。这场战事从根本上动摇了唐帝国的政治秩序。至此，中国历史上引以为豪的一段盛世华章终于画上了休止符。

看上去，这不过是一次叛乱，就像历史上发生的无数次政治颠覆一样。但历史的底片总是需要时间漫长的冲洗，才会呈现更清晰的图谱。把长焦往后拉出一千年我们才看到，相较于政治版图，那场边塞叛乱更深远的改变，在于影响了我们民族的文化基因。可以说，从那时开始，黄河流域，包括整个北方大地作为中国文化中心的时代结束了，一个新的中心在江南形成。

“骏马秋风冀北，杏花春雨江南”，这句话形象地概括了中国南北两线的地理特征—— 南方草木葱茏，清奇瑰丽；北方土厚水深，雄浑阔大。在这样有显著差异的地理环境中孕育成长的人文生态也各具特质。先秦以来，由于中国的政治中心一直都在北方，黄河流域的中原文化成为中华文明的中心，南方则长期被看作是这一文化中心的边缘或是附庸。由此形成“北方伦理”和“江南审美”两种话语体系。

相较于北方的粗粝广袤，南方则是青山秀水，俊美温柔。相较于北方的政治—伦理话语，南方社会更沉溺于自己“欲界之仙都”的闲情世界。在中国人心中，江南是地理生成，也是人文生成，是一个挥之不去的审美情结。《世说新语》、南朝乐府民歌，江南一直以一个中国诗性文化的传承者形象出现，被一代又一代诗人吟唱不绝。那个“泛舟采菱叶，过摘芙蓉花”的江南，那个“如今却忆江南乐，当时年少春衫薄”的江南，实际上已经超越了政治、经济甚至时间的框架，成为我们民族的生活习性和精神理想。

公元755年，安史之乱后，中国北方一片焦土。大量北人包括文人士大夫向南方迁移，远离政治，远离战乱。他们认同并强化了与北方文化迥然不同的生活方式和价值观，艺术和诗性超越了政治的绞杀和功利，成为生活的主体。加上南方丰润的水土和气候，种稻楫舟，经济日渐繁荣，城市和市民阶层兴起。到处温山软水，莺飞草长，天地间一川烟草，满城风絮。“玉鞭魂断烟霞路，莺莺语，一望巫山雨”“乱入花中看不见，闻歌始觉有人来”。这样的江南，有着出生和衰老的过程，有着思想、意志与情感，在南方潮热湿润的天色里，在漫长的历史流光里浸润、成长、繁衍。

北方一场尘烟千里征鼓震地的巨大动乱之后，江南的诗性精神迎来一个充分发展的黄金时代，终于成为中国人心灵版图的半壁江山。

历史的流传延续到今天，江南的诗性智慧在当下中国人的生活中成色几何？在这个东西联袂，南北同唱一首歌的经济年代，凝结我们民族千年诗性的江南情怀在哪里游荡？日暮乡关何处是，黑格尔曾说古希腊是“整个欧洲人的精神家园”，我们由此不妨把江南看作中华民族灵魂的乡关。那里的池塘有莲花，天空飘浮着梅雨和油纸伞，那里的酒家装饰着木格花窗，还有霉干菜和黄酒，那里青灰色的石巷里桑葚繁茂昆曲悠扬，那里有我们在艰难人世中自得其乐的天地情怀，不能忘。

Part 5

当你启程前往伊萨卡

但愿你的道路漫长

充满奇迹，充满发现

FERVENTLY
WISH YOUR JOURNEY
MAY BE LONG

你看上去很GQ!

2003年6月5日的下午，在纽约文化人喜爱的四季酒店餐厅，美国*GQ*杂志前主编库珀和*Men's Health*杂志的主编大卫·任捷克以及四季酒店的合伙人朱立安愉快地共进午餐。刚刚从工作了二十年的杂志卸任，库珀正谈论着退休以后是先写作，还是在电视上开办自己的脱口秀。午餐过半，库珀突然中风，被立即送上了救护车，餐桌上留下了他钟爱的红酒和半小时前还盛满了Martini的高脚杯。不到一百个小时，六十五岁的库珀离开了人世。

库珀在美国杂志历史上是一个留下印迹的人物。接手二十年，他把*GQ*从一本老迈陈旧的老男人杂志改造成美国新一代男人的品质标杆：不再只是“风格”和“品位”，融入了更多游戏、天才的灵光和性，充满了嬗变和混杂。“你看上去很GQ！”已经成为美国社会对一位男人的夸奖。

库珀的脱口秀计划到底要干什么已经不得而知。估计就是这本英国*GQ*主编迪伦·琼斯《绅士的准则》的电视版。在这本书里，迪伦事无巨细地教导你如何成为一个现代“新好绅士”：“如果你在打开衣橱时发现熨烫平整的裤子总是滑落一地，你可以去买带有橡皮或金属夹的裤架”“只有产自古巴和多米尼加的雪茄值得一抽”“参加会议不要坐在非常有魅力的人对面”“不要在电话里和女朋友说分手 ”“不要在车里吃热的食物”“蘸汁不能蘸两次”“检查是否有口气要用舌尖舔过手腕，晾干十秒，闻一闻”……这些规矩听着就让人头晕。

这本书第一版卖得挺好，但很多人看了压力大，用书里的标准衡量觉得自己一无是处，这个结果多半让作者本人偷着乐。

去年底在伦敦的康泰纳仕大楼和迪伦见过一面，他本人说起话来表情夸张，手舞足蹈，甚至有点龇牙咧嘴，长得像一粒光滑的碧根果，远不是他书里絮絮叨叨的那种绅士范儿。看书再看人，你会感慨一个人想的、说的、做的之间差异之大，简直就是一个“川”字，河水不犯河水，太不沾边。我觉得还是把书当书看，别上当为好。

再说了，这些东西固然重要，但我觉得更有绅士范儿的是另一位。前年4月，去英国参加登喜路的活动。一个晚宴上见到Dunhill的创意总监Yann。这位年近五十的Dunhill的全球形象大使，中午穿着印度土邦主式的黑绸长衫出席公爵午宴，晚上又换成白色亚麻吊带长裤和男式芭蕾软鞋在花园里聊天，其中一只鞋的皮质补丁上还烙着王尔德的诗句。Yann的一身经典装束无可挑剔，但他的讥诮和分寸，拿捏有度的笑声比装束更让我印象深刻。谈及英伦风尚时他说："英国的时尚是超越潮流的。英国男人不接受被时髦推崇的服饰符号，让他们感到舒服的是那种呈现他们世界观的东西。"就是说，如果时尚不能表达自己的思想和精神价值，不能让自己舒服，它就狗屁不值。

"如何评估英国对男性风雅标准的贡献呢？"我问。

"自由和理性，"几乎没怎么想，Yann很确定地说，"独立不羁的性格在英国有生长的土壤。几个世纪来，英国人对所有奇怪的东西非常宽容，一种文化上的惯性和天生的自由主义，使得人们的举止和着装随心所欲。整个国家都在珍惜那些彰显自己个性的人，这简直是一个国家的骄傲。"

Yann的这些话有点虚，没那么实用，但我觉得比那些细碎的日常准则更得道，更有品，更能养育一个人的心性，也更显现英伦绅士的精髓。如果迪伦·琼斯有机会再版《绅士的准则》，倒是很希望多听听他这方面的体会。

当年库珀的死，《纽约时报》说是"美国社会男性气质的损失"。一个六十五岁的老人已经不可能整天在电视上推销那些奢华品牌，或告诉人们怎么抽雪茄闻口臭了，那他的"时尚价值"在哪里？《纽约时报》接着说："我们失去了聆听库珀的机会，关于信念、激情、品质与梦想，还有漫长的等待，那些生命的精髓才是时尚的本质。"

日常生活的革命

一个小区能告诉我们什么：

拥有三家二十四小时连锁店的小老板；

一个四十多岁干净利落咄咄逼人的业主意见领袖；

整天跟有钱人打交道向富豪们兜售游艇的商人；

参加过解放战争、抗美援朝，后来当了公安局长的罗姓老兵；

还有在某一个夜晚，穿着一双红拖鞋，从二十八层一跃而下的年轻女子……

这个小区是北京近年来野草般蹿长的无数个小区中的一个，位于CBD东部边界，距国贸和央视标志性大楼还不到两公里。该小区房价逼近两万元每平米，住着一大群来源广泛属性复杂的居民。我们选择这个小区作为一个节点，识别、分析和探究，希望能一窥当今中国一个普通中产社区的生活情状和风貌。

8月24日的《泰晤士报》上，记者Prray从北京发回的一篇报道说："中国人拥有越来越成熟的个人生活，国家意志和财富攫取不再像十年前那样主宰一切，或许这才是这个国家最值得关注的变化。"的确，我们终于赢得了一种人之为人的日常生活：一份维持生计的工作，复杂纠结的情感，相对自由的个人选择，独自享有的身体空间，漂亮的设计和物品……这些看似寻常又得之不易的日常生活，正是发生在无数个"异构空间"里的故事。

前不久看过一部电影，贝托鲁奇拍摄的*The Dreamers*。革命年代的三个青年模仿戈达尔的《法外之徒》，在卢浮宫一路飞奔。他们讨论战争与和平、民主与自由。当其中两个在厨房地上做爱的时候，另一个若无其事地在一旁煮鸡蛋。他们没有负担——连衣服的负担都没有，光着身子起床，刷牙、读书、做爱、吃饭，所有的激情、口号、政治理想、面包和性都是游戏。尽管电影中出现了很多重大的历史符号，可在真正随性、平静的生活面前都退居背景。我们最终感受到的只是三个年轻人个人的、日常的、审美的生活。

日常生活是审美的生活。从情感、意愿、操行，到车、表、美食、日用器具，再到山川气色、天地万物，都构成日常生活之美。一百多年前，杜尚用一个尿盆以惊世骇俗的方式提醒我们，美就是我们日常使用的器具，艺术就存在于我们的日常生活之中。到如今，一个消费社会来临，从建筑设计、商品广告，到个人包装、饮料菜肴，从立体环绕、画面素质，到手机等数码产品的材质和触感，审美更是贯穿于生活各个层面，无所不用其极。

日常生活是个人的生活。在一个以"生产"为核心的社会里，职业、信仰、组织架构等要素赋予每个人更多的共性，占据了我们从生到死的一切；可现在的“消费”时代，休闲、享乐、个人趣味成为我们的日常生活。我们不用再被一个人的声音左右，不用看一本书和穿一种颜色的衣服，经济发展一个神启般的后果就是极大地解放了个人，个性生活取代了集体的共性。波德里亚是第一个用“消费社会”来界定当代社会的西方人，他说：“如果说有一样东西是马克思所未曾想到的话，那就是释放、耗费、挥霍、游戏和最大限度的个人自由。”

日常生活也是最人性的生活。很多人都鬼迷心窍地希望自己活得惊涛骇浪，但坦率地说，少有人有幸遭遇，更没几个人能真正承受那样的生活。95%的人被日常生活覆盖。即便是另外5%的幸运儿，在享有巅峰生活的同时，多半也会为自己的癫狂付出代价。这个社会往往高估了“成功”的价值和意义。最人性的生活，应该是能让大多数人的情感和意志得到安抚的生活，它应该有助于养育我们智趣、和谐的心性，不妄求，不焦躁，不窘迫，不苟且，那正是我们的日常生活。

日常生活也是GQ所倡导的生活。当我们把生活从家国社稷、财富、成功转移到日常、个人和审美的时候，一场最深刻的革命发生了。这场革命尊重个人意愿和智识，尊重美和情感，尊重一切提升我们生活品质的物质和精神；这场革命不喧嚣，不流血，不以丧失人性为代价，没有破坏只有建设。它唯一的目标，就是驱散虚妄和贪欲的迷雾，还原、铸造坚硬如磐石的生活常识；这场革命是真正民主的革命，它的受益者不再是少数权贵和竞技场上的赢家，而是每一个能感受和领悟它价值的普通人。

1995年，美国经济学家加尔布雷斯写了一本书《美好社会》。这本书里，已经耄耋之年的他一反前大半辈子对人类社会激烈批评的立场，以理性宽容的笔墨，论证了“日常生活”在人类历史进程中的独特价值。他说，日常生活才是“每一个人类成员都能享受的美好生活”，它“奠定了真正人性的历史”。

在经历了一个个极端偏执的年代之后，我们开始了对冷静、理智、温和、日常生活的追求。我们怀念二十年前逝去的一位诗人，他曾经是我们时代的偶像。我们缅怀他，不是因为他是一位诗人，而是缅怀他对日常生活的热爱：“从明天起，做一个幸福的人 / 喂马，劈柴，周游世界 / 从明天起，关心粮食和蔬菜……”，从今天起面对GQ，春暖花开。

愿你道路漫长

2013年年底，编辑部年终考核。一大堆绩效评估表里，我看到了报道编辑练自强的总结。这个1988年生，《智族GQ》编辑部最年轻的编辑没说太多，交上了《2013年影响我的七件事》：

一首歌：拍摄“肖像”选题的最后一张照片在青海玉树。凌晨4点，我们乘坐的铃木越野从共和县出发。西部的白天来得迟，路上漆黑。为驱逐睡意，司机一路开着音响。声音不是很大。我一路没睡，发现歌儿特别好听。回北京后，我找到这首梅艳芳唱的《亲密爱人》。

一双皮鞋：7月我给自己买了第一双皮鞋，此后所有的正式场合，我换掉了自己最习惯的球鞋。意识到自己应该这样了，总想象自己穿着得体出现在这些场合的时候，别人会对我更重视。

一本书：《出版人》《时代》的创办人亨利·鲁斯的传记。作者在序言末尾写道：“……他的媒体帝国成为一个分化剧烈、充满冲突的世界的记录者……他一直相信他能理解这个他置身其间又不断变化的世界，而且他可以用他的杂志塑造一个更美好的未来。”现在已经不再有人告诉我，杂志仍有使命。作为杂志的从业者，这句话对我产生了深刻影响。

一个手术：10月，我做了一次胃镜。一根管子，在没有麻醉的情况下捅进食道……这之后，我开始改进以前的作息习惯，按时休息，起得更早，知道什么可以吃，什么不可以吃。这辈子我不要再做第二次胃镜了，必须对自己好点儿。

一场话剧：11月，看了一场话剧，《建筑大师》。话剧讲述了一位天才的毁灭：活力超常，功成名就，登上顶峰……令人艳羡的声名背后，索尔尼斯并不快乐。我知道这是一部好作品。

一次旅行：6月，我和大学同学去了一次泰国。这次旅行非常不愉快。我告诉他们应该尽可能享受美食，订一间看得到海的房间。但为了省钱，他们宁愿选择廉价的食物和住宿，意识到这种分歧，我非常沮丧。

一次英文采访：11月，深圳机场落成，有个机会采访声名日隆的设计师Fuksas先生。我硬着头皮完成了一次英文采访。这次采访让我觉得自己的英文能力非常糟糕。我想接触更多的人，我发觉自己的积累已经不够。

看到这些，我忘记了这是年终绩效评估，感觉自己深深进入了一个年轻人生命成长的旅途，辛劳、省思、懵懂，还有几分浪漫，这是一条多么迷人又危机四伏的路途呵。这一年，世界喧器，谁会在意一个二十五岁年轻人在自我世界里的成长？还想到，我来北京那年跟他现在差不多大，那么这些年我经历过的事情也会一一铺展在他的前路上吗？当然他的起点比我高太多。

在无聊的例行年终总结里，自强关心的不是行业动向和工作业绩，而是自己作为一个自由人的身心修为，关心自己的思想、情感，内心世界的建设和成长。在他喃喃自语的叙述中，我看到了固执和天真，也看到了脆弱和茫然，还看到了相信和美。希腊诗人卡瓦菲斯在《伊萨卡岛》里的一句诗应该送给他："当你启程前往伊萨卡，但愿你的道路漫长……"

八个月后，在一部纪录片里，练自强接受采访时说："去年我被这本杂志滋养得非常好，但今年，它通过非常残酷的方式让我成长，让我流血。你知道疼，你开始体验许多残酷的东西了，感觉到被伤害。"看到年轻人用这样的言辞表达过去八个月里自己的经历，我感受复杂。如果仅从杂志工作的能力而言，这八个月自强无疑上了一个台阶，那他为什么不开心呢？我觉得，那是因为在回溯自己这一年经历的时候，他站在了一个比过往更高的点上。在这个点上，他不再以一次成功的采访、一篇好稿子作为自我评判的坐标。整个行业态势，与生活相处的能力，自己与他人的关系，甚至心理情感和身体，都扑向这个二十五岁的年轻人，成为生活感受的一部分。当一个年轻人渐渐丧失一些简单，开始面对复杂的时候，会有些不开心，可谁说成长就一定是开心的呢？

《智族GQ》编辑都知道，写出好稿子从不是我衡量一个编辑的最高标准。对一个写作者而言，文字本身几乎是最末端的技术（真正的文字天才除外），在一个更开阔的坐标系里，写几篇好稿子真没那么重要。相较于职业的基本要求，我更看重一个人到底从他的工作中得到什么。《智族GQ》不重要，一本杂志不重要，每个人的个人利益都大过它。这种个人利益是什么呢？不是一份薪水和一次晋升，更不会是几篇好稿子，而是你从这份工作提供的机会里，最终得到什么样的精神滋养和自我成长。这种滋养和成长，最后融入一个人的生活态度和品性，继而决定一个编辑的质量。

这种质量是什么，真不好说。如果用不同色彩来标识一个人的性格、才华、智力、情感、年龄，甚至身体、长相，这些色彩只在人年轻的时候触你眼目。等视觉修为深湛后，对色彩的兴趣就降低了，你会更看重质感。质感不是色彩，而是所有这些色彩的集合或加权。对一个人的评判由色彩到质感，是审美层次的提升。

出于这一认知，我不太在乎一篇稿子和一期杂志的得失。工作上的任何精进和错失，密码都在一个人的心性上，那就是这个人的质感。

做时尚杂志十年，见识了太多从二十二三岁到三十多岁的年轻人，他们大学毕业，进入社会，头几年多半撞得头破血流，再几年摸爬滚打，负隅顽抗，然后渐渐上道。大千世界是禅堂，品性好、悟性高的会继续往前走，哪怕他已经不在这一行；也有纠结挣扎的，始终摆脱不了小小的自我，迷失在大大小小的陷阱里，十年后依然找不到方向和出路……如果说人生的初期，靠的还是聪明、才华和拼杀，越往后，决定一个人境况的，就应该是他的成色了。这成色，就是质感。

一个人什么最重要？我们平时谈得最多的东西往往都是些不重要的东西，重要的东西都深藏如谜，不易辨识，一如呼吸，平时谁也意识不到，可没有它我们还能有什么？

在上面提到的那部纪录片里，我们可以看到几个这样的故事。《GQ2014》是编辑部为杂志创办五周年拍摄的一部纪录片。《智族GQ》五年，据说创造了康泰纳仕全球创办新刊的成功案例，即便在传统媒体风声鹤唳的2014年，这本“九月刊”广告销售还是获得了两位数的增长；但同时，这五年也是传统纸质媒体在移动互联网的高压下面临困境的五年。这场革命对现代传媒业的意义，不亚于千年前印刷术的诞生。任何大历史的骇浪都会掀动无数小人物的人生，我们借这次五周年的机会，记录了几个编辑的故事，他们的努力和所得、困境和挣扎，记录了他们对杂志的情感，以及对移动互联网这场革命的无畏和拥抱。

生活方式总监孙赛赛高中就开始阅读*Esquire*，并把做杂志确定为自己的职业方向。十年前他终于进入《时尚先生》编辑部，面试的刚好是我。站在时尚集团锃亮的咖啡厅里，他乐不可支地跟我说：“这里对少年时候的我来说像神话一样，没想到我会成为其中一员。”结果我回一句：“恭喜，你来了以后，这个神话就要破灭了。”声音好冷，要不是音像记录在案，我都忘了自己还说过这么正确的一句话。

7月，我去了一趟三峡。一天晚上，游船夜泊宜昌下面的一个小码头桃花坞。江夜漆黑，我怎么都不会想到，码头上岸几百米的一条临江小街上，有一个农业银行的储蓄所。二十年前，《智族GQ》副主编，我多年的工作伙伴唐小松就在那个储蓄所里工作，数了三年钞票。那时候他十六岁，还是一个偏居边城的寂寞少年，经常一个人沿着这条街跑去街另一头的人文名胜三游洞，苏东坡、杜甫都曾在那里留下诗文。纪录片里，我们可以看到这条位于长江岸边，连接着小松现实与梦想的小街。

“2009年10月16号，从广州飞到北京的那天下午，阴冷枯索。”还记得蔡崇达推开我办公室门的样子。坐下来我刚说上三句，他就跟我说了三个小时，从后奥运的中国、重庆打黑、奥巴马东亚战略，说到门户与微博、杂志非虚构写作及《智族GQ》报道的标准……这人是来面试的吗？我办公室偏暗，他凸显，敏锐的眼神像医生的白大褂让人不安，但又会被吸引，当时还没预料到接下来的四年我跟他会有很多场战斗，直到他离开。但坦白说，现在有时还会怀念那些时光。蔡崇达规划了早期《智族GQ》报道的轮廓，为这本杂志奠定了重要的基石。

片子拍了一半，还没有脚本。“你以为你是王家卫啊！”摄影师抱怨。我确实没什么想法。直到有一天，拿一堆素材给做剪辑的朋友看，他一眼抓住了我们时装总监，在伦敦时装周秀场外闲逛的崔丹：“这是谁？这个人有意思。”我知道，他说的意思，就是“这个人”准确呈现了一般人对时尚从业者的偏见：满眼不屑，显摆，着装张牙舞爪，看人先看皮，眉目间有刁钻气……

我承认他认定的几条，崔丹一样不落，可槛外人总不明佛事，每个行业，总有不为旁人所知的地方。崔丹是我见过最有文化的时装编辑……之一吧。有一年我们在巴黎看山本耀司的秀，西方时装强调贴合身体，他们认为只有就人体曲线的合体剪裁才完美；可山本耀司却背道而驰，他的设计松松垮垮，在身体和衣服之间，你感觉有空气在微妙流动，欲送还迎，间而不离，这是一种非常东方的美学。崔丹在一旁提示我："你看它轮廓和面料的动态，身体前倾的时候，背部有风塑造出轮廓的剪影，只有零点几秒，却是西方设计师做不出来的，那是山本耀司的精髓。"那一刻我不只懂了山本，也看到了崔丹。

五年，这样的故事还不少。创意总监Vicson第一次进我办公室，个儿不高，像个东南亚黑娃，眼睛又大又亮，笑起来一口白牙，中国台湾、菲律宾、美利坚，到现在我都搞不清他到底是哪儿人。他是我见过把专业、职业、性格结合得最舒服的编辑。刚从纽约回来那几年，每顿都荤，好大肉及油炸食品，只喝可乐，典型美国肥仔的食谱。这两年素下来了，"明显觉得老了，耗不动那些油腻了"。我分析还有个原因，就是生活规律有人管了，片子里我们可以看到他新泡上的一个好姑娘。

两年前跟我们的视觉总监苏里去过一次法国诺曼底。看过片子大家会知道，诺曼底才是苏里真正的故乡。他对诺曼底乡村大小公路的熟悉程度绝对超过北京的二环里四环外。当然不只是公路村舍，苦涩的海滩，战争遗迹，海风浩荡，还有诺曼底上空永远压在心上的云，都让他魂牵梦绕。诺曼底是苏里蒙羞的青春期，是他的哀乐中年，还会是他的苍颜白发，也终将是他的葬身之地……人和一个地方的缘分，跟人和另一个人一样，都不可言说，都是奇迹。跟苏里去诺曼底，你什么都不用说，就跟着他走。他话不多，整个心整个魂魄都敞亮在咸腥的海风中，你只要安静地去感受。

……

素材拍得差不多的时候，开始写脚本了。这个时候我才开始梳理、归拢这些人物背后共同的事件和背景。这两年，传统媒体兵荒马乱，移动互联网几乎改变了传统媒体业的所有元素：出版周期更短，原有的盈利模式开始动摇，信息组织和传递方式面目全非，一种新产品出现，马上就有无数个寄生品蜂拥而来。每天都有新的动机和创业，每天都有人嚷着颠覆和上市，这个时代有种满面春风的痛苦表情。

当我坐在后期剪辑室里，一帧一秒地回溯这一年来的拍摄，再次回顾伙伴们的访谈和生活，能感受到一股沉静之气，那是他们心性上对嘈杂世事的疏离。这种疏离既是对纷乱尘世的理性觉察，也是一种对自我价值和美学标准的坚守，也说不准就是迟钝。这种气质既源于他们自身，也终将存照在这本杂志上。诵经容易，风骨难得，许多挑战和变化都是一时的，坚持调性就是最高的美学，就有存在的价值。

9月刊彩样已经拿在手上，厚厚一摞。有时候会觉得，这本杂志离我尚远，做杂志的同伴们却离我更近。杂志最后的形态，只呈现了同伴们真正努力之二三，他们的价值和趣味，远比这本杂志丰厚。我们在每期杂志中所付出的劳动，在杂志送进印厂的那一刻就归零了，只有我知道，更多的事情发生过，然后消失，并被忽略，而那才是一座真正的富矿。更好地理解一本杂志，应该从它的产品回溯到其生产过程和生产者，那样一定能得到更多。纪录片算是一次努力。

难得有机会在这里感谢我的团队，应了那句话："与你同行的人，比你要抵达的地方更重要。"感谢这本杂志，对于你真正喜欢的东西，必须有发自内心的交代，这是一份情；还要感谢爱马仕，五年来她一直坚定地站在卷首页的右边，确实很有品位。

只不过五年，说多了矫情。博尔赫斯说，我们有两种看待时间大河的方式：一种是从过去，时间不知不觉地穿过此刻的我们，流向未来；还有一种比较猛，它迎面而来，从未来，你眼睁睁看着它越过我们，消失于过去。以这样的视角，GQ五年，已越过我们头顶，消逝于过去。那是我们的好时光，容得下这样的机缘，让一切真实地存在过。

感谢。

那些无法衡量其价值的事物

康路凯还是名《智族GQ》的实习生，一天跑过来给我报了一个奇怪的选题。

那天坐出租，在一个播客节目里，听到王微——土豆网的前CEO，提到一本对自己产生重要影响的书——《大转向：看世界如何步入现代》。康路凯大概转述了王微对这本书的描述：

“像我们这样的人，认为一般事情都是有解决办法的，但死亡这件事没办法解决或者逃离。年轻时专心做事，不会考虑这些。但过去一年，在想到底做什么是值得的，能让人觉得不枉此生。这时就碰到这本书，是一个研究莎士比亚的剧作家，写古罗马时期的一首诗如何被重新发现的故事。那首诗叫‘物性论’，表达的核心意思是：人从虚无世界的离子原子，拼凑成一个有自我意识的生命体，到死亡的时候，这个生命体就消失，回归到宇宙万物中去了。从我已有的逻辑与知识来说，我可以接受这种说法。虽然没有解决死亡问题，但这种说法可以让我内心平静。看了这书，感觉自己走了一个full cycle。”

康路凯说，他想找到这本书，并跟王微聊聊。他很好奇，是怎样的一本书，能帮助一个曾经创造，之后困惑，之后再次创造的人走过这一个“full cycle”。于是就有了《智族GQ》这期的新栏目“书与人”。总有一些稀少然而有力的时刻，一个人和一本书相遇，并被改变——这个栏目想讲这样的故事。

除了记者对王微的访谈，我们还翻译了王微说的那篇文章，作者史蒂芬发表在2011年8月*The New Yorker*上的长文：*The Answer Man*。

两千多年前古罗马的一首诗歌，主题竟然是哲学第一性原理，是关于原子在无限宇宙中做无序运动的想象。这首诗几经沉浮，中世纪被重新发现，其思想随即影响了后来的达·芬奇、米开朗基罗、爱因斯坦、杰斐逊，也影响了史蒂芬。他就此写的一部书，影响了王微，现在又通过《智族GQ》影响到我和其他人……一种思想，经过千百年草蛇灰线的流传，绵延深远，生生不息，想到这些会觉得奇妙。

访谈和文章加起来一万多字。在一个按了“快速键”的年代，阅读这样一篇生涩、冗长的文章并不是一件易事，但我们确信它的价值。在整本杂志花红柳绿的人间气息里，我们稍作停歇，去感受一下这个古罗马诗人的“物性论”思想，感受它对世界本原、自我、诗与美、灵魂与死亡的思考，感受那些看似无用、无法衡量其价值的东西，对我们的人生，也许是件很重要的事。

保持对生活抽象的思考是一种重要的生活能力—— 当年在大学选修数理哲学，花了两年时间，就记住了教授这唯一一句有价值的话。倒是一位在斯坦福镀过金的朋友，跟我讲过他的一门课程，与这句话互为印证，让我印象深刻。那门课是“中世纪新教、伊斯兰教、天主教三大教派的政治哲学”：

“教授要求我们每星期都得阅读一部有关中世纪的哲学著作，一个星期要读一千页以上的东西，到了周末，我们就得对这些哲学家们的思想进行提炼，先把它浓缩成二十页的东西，然后十页，最后总结成一份仅有两页纸的精华……紧接着第二个星期，我们又开始总结另一个哲学家的著作。”这个朋友说，“其实那些哲学思想现在基本都忘干净了，但那种归纳事物要素、还原事物本质的蒸馏过程，才是我真正学到的东西。”难怪他平时话不多，出口三言两语，切中要害，举重若轻。

“最后两页”是个不错的隐喻，这门课让我神往。可我没有去斯坦福读过书，也缺乏对事物进行蒸馏、提纯的能力，好在野百合也有春天，在一个被神摸过脑袋的中午，我产生了一个奇怪的想法，即世事尽管复杂，本质却很简单，在描摹这个世界的万千词语中，真正有绝对和终极意义的词不过十来个：比如情感，比如爱和自由，还有善良、物质、身体、死亡……当然也包括宇宙和原子。所有的世事纷扰、物理存在，都可以在这十几个词中找到归宿，这十几个词既是我们人之为人的源头，也是一切悬念的谜底，它们占据着我们生命的“最后两页”。

真是万幸，这个想法居然在一本书里得到印证。上个月休假，带了一本汉密尔顿的《希腊精神》。公元前800年至公元前200年，是人类文明重大的突破时期，在这个时期，几个民族都出现了自己的精神导师，成为各大文明的标志。德国哲学家雅斯贝尔斯称之为人类文明历史的“轴心时代”。

《希腊精神》描绘的就是这么一个时代的社会风貌。那真是一个人类心智取得伟大成就的时代。雅典人永远准备好讨论不管多么抽象多么深奥的问题：他们可以在梧桐树下讨论“灵魂的本质”，在河边草地上谈论“和天体形态一样闪耀的美”，讨论友爱、心灵、身体，讨论艺术和真理——他们讨论这些事物的频率和状态，就跟我们今天讨论股票、风投、雾霾和真人秀差不多。公元前450年，一场大战的前夜，希腊军队最高指挥官伯利克里不好好备战，还在为给他斟酒的少年写诗，颂扬他年轻脸庞上“紫色的辉光”——只有最高度的文明才能让人们即便在战争中也不失去人类价值吧。那样的社会形态我们已然陌生：理性开明，坦诚自信，尊重个人，热爱思辨和求真，热爱美的身体，真是一个人类童年时代遥远的乌托邦。

想起去年苹果iPad Air新发广告，采用了电影《死亡诗社》中的一段台词，以我让人难堪的英语，忍不住当即把它翻译出来转发给所有编辑：

我有一个秘密，你们过来。

我们读诗和写作，不是因为它很酷，而因为我们是人，人是有激情的。

医学、法律、金融、工程学，没错，这些都是人类崇高的追求，值得我们付出一生，但诗歌、美，还有浪漫的爱，这些才是我们活着的理由。

惠特曼写过，“噢，自我/生命/这些问题循环往复/毫无信仰的人群/川流不息/城市充斥着愚蠢/置身其中有什么意义/答案是/因为你存在，生命和个体的存在/时代的诗剧在继续/你可以写出自己的诗行……”

基廷停下来，眼睛扫过每一个人，把最后一句又念了一遍：时代的诗剧在继续/你可以写出自己的诗行……

同学们都没说话，年轻的脸颊微微发红。基廷的眼睛铆钉一样盯着每一个人，又问了一句：你们的诗行在哪里？

确实，文明不只是电灯、铁路或者IPO、手机，文明还是对美的喜悦，对理智的热爱，是荣誉、品质、自由和仁慈，是一些看不见摸不着、难以衡量的东西。写下《希腊精神》的汉密尔顿说：“如果那些我们无法衡量其价值的事物变成了头等重要的东西，那便是文明的最高境界。”时间过去两千五百年，跟雅典文明相比，我们很难说进化了多少。

在一个效率优先，每一分钟付出都要计算回报的年代，那些无法衡量其价值的事物究竟能给我们什么呢？

我这个年龄的人，都一定记得二十世纪八十年代末期，湖南科技出版社出版的一套丛书“第一推动”。第一辑包括《时间简史》《皇帝新脑》《可怕的对称》等，共十五种。在思想解放的初期，那是一套对一代人产生重要影响的人文科普译丛。

“第一推动”的说法来自雅典时代的亚里士多德，他在《物理学》中探求运动起源，以为“任何被推动者皆被某一事物推动”，因而必定“有一个不被任何别的事物推动的第一推动者”，这就是“第一推动”。关于“第一推动者”究竟是不是上帝的问题，几千年来始终没有一个确凿的论断。当然我也想不出答案，但当时我们还是使劲儿在想，想这些大而无当、不能当饭吃不能当衣服穿、不能衡量其价值的问题。

就是在那套丛书里，我第一次读到霍金的《时间简史》。老实说，从那时候到现在，我至少已经有五次拿起这本天书，每一次都力图多懂一点儿，可每次都落败而归。第一版的副标题是“从大爆炸到黑洞”，讲了宇宙的演化、黑洞、粒子、时间、空间，它们如何出现并将产生怎样的变化，每次都觉得佶屈聱牙，狼狈不堪。这样的阅读有些变态，可我还是放不下。我哪里是对理论物理感兴趣？我是对那些未知的无穷大和无穷远感兴趣，对它们和无穷小的自我之间的关系感兴趣；我还喜欢那些稀奇古怪的语言，它们来自我完全不熟悉的另一个世界，这样的语言滞重、平静，抽象到空洞，又空洞到无所不有，有一种接近永恒的质感，我就是被这样的东西迷住了。

毕加索是个大师，也是个疯子，他还喜欢读爱因斯坦，而且让人安慰的是，他也读不懂。他说：“当我读爱因斯坦写的物理书时，我啥也没弄明白，不过没关系，他让我明白了别的东西。”“让我明白了别的东西”，说得太好了！这别的东西是什么呢？

痴迷“第一推动”的那个年代，中国还是一个前消费社会，我们没有买房买车的压力，没有成功立名的野心，没有电脑没有网络，没有足以吞没我们十次人生的海量信息；无数个无所事事的白天黑夜，除了游荡在风景单调的街道，我们只能把时间耗在这些腾云驾雾的问题上。这么多年过去，我已经记不得这些书究竟告诉了我什么，也不能确认，那些空洞无解的问题，有关灵魂，有关时间，有关粒子和爆炸，到底是耗费了我的青春，还是维护了我的简单，没让它变得更糟。

幸而，“所有的事都只会在长远之后起效”，多年之后渐渐发现，这种自虐式的阅读，如同毕加索所言，“让我明白了别的东西”—— 正是那种对抽象的终极问题的兴趣，那种对灵魂、生命、美和死亡本身的好奇，在深度和广度上扩展了我对人世的理解，提升了思考问题的格局。即便深陷现实的泥沼，也始终意识到有一种高远存在，有一种更辽阔的价值存在，它们共同构成了我的一部分精神资源。“我的心在高原，在雄鸡鸣叫成一片的晨曦里”—— 十七岁的时候，我在一本蓝色封皮的诗集《在大海边》里读到这句诗，从那一刻开始，苏格兰浪漫主义诗人彭斯的高原就一直在我心里，伴我从懵懂初开的少年，步入中年。

头上三尺有神明，我始终在寻找一种方法，不拘泥，不执着，用本质澄清现象，用简单对抗复杂。一峰太华千寻，一勺江湖千里，求解复杂事物的钥匙，往往在它最简单的本质上。看着这个时代那些奇异的年轻人，我有时会想，再过十年二十年，他们肯定比我现在更成熟，可他们能比我更简单吗?

现实世界是常识，跳出现实之外就是见识。见识比常识更重要，很多时候，需要看到更高的维度，降维打击，才能有效和决胜。这种胜利不是战胜别人，更多时候是战胜自己。有时会和编辑们谈到如何面对现实压力，我往往避实就虚地说，最好能找到一种好高骛远超越世事的价值观，在心里培育比一份职业、一本杂志更强大的力量，有了这样的力量，就能屏蔽掉那些暂时的、轻浮喧闹的干扰，找到自己的定盘星，避免一个软弱无力、过分琐碎的自我，通向一个更坚强、更辽阔的自我。而这种价值观，多半来自那些“无法衡量其价值的事物”。

一天听酷玩乐队唱*Yellow*：Look at the stars / Look how they shine for you（仰望天上的繁星 / 看它们为你绽放）……心有所动，想起罗素说过的一句话：“每个人的一生中都会在某个时刻仰望星辰，思考最大的问题。”那些最大的问题是什么呢？是古希腊开始追寻的哲学与美，是启蒙时代的自由与正义，是二十世纪的天体、物理与技术……这些“大问题”有一个共同点，它们都是对混乱繁复的现实世界的抽象和提纯，是廓清这个世界的核心构件和框架，它们是文明世界的精华，是无法衡量其价值的东西。保持对它们的关注和思考不是为了做个思想家，而是希望与艰难世事更好地相处一生。

后记：愿你出走半生，归来仍是少年

你好。在一个偏远小镇的旅馆里，没赶上回家的晚班车，留了下来。

很简陋的环境，门口操场上回荡着齐豫的英文歌，突然就想到给你写信。

读过你在杂志开篇写的那些卷首语，关于时间、自由和生命，那些抽象、模糊的命题，很沉重。

平时熟悉的生活环境里，没有精力，也没空去想那些费神的事，习惯性地用落拓、耍赖去对抗，去化解。可现在，它们在旅途中，在这个回不了家的晚上，突然向我袭来。四月的江南，植物的清香在空气中浮动，这个陌生的、异乡的夜唤醒了我。

不知道你此刻在干什么，不知道你工作压力是否很大，无论如何，希望你快乐和自由。你做到了，你的那些文章才更有说服力。

杭州Leslie

收到过这样一封读者来信。

千里之外的偏远小镇，旅馆操场上荡漾的歌声，还有南方小镇新鲜的草香……让一个未曾谋面的人在那么遥远的地方突然想起，是做杂志以来最温暖的时刻之一。

2003年年底，到时尚集团做《男士健康》，被告知需要在每期杂志最开头的位置写一篇“开门立意，统领全局”的文章，在报纸里，叫头版社论，新闻教科书里称之为“一张报纸的脸面”，杂志成卷，就是卷首语了。从《男士健康》，到《时尚先生》，再到《智族GQ》，给杂志写卷首语的职业书写一路下来，十余年，这张“脸”也由嫩到老，随流年辗转，不再年轻。

这本书，主要辑纳我在《智族GQ》七年间所写的卷首语。重新翻看、归拢这些文章的时候，GQ七年的旅程也历历在目。

《智族GQ》是一本国际版权合作杂志，人们常将其简称为GQ。GQ里的G是英文单词Gentlemen的缩写。这个源于中世纪欧洲的词脱胎于“骑士精神”，往往标指那些有型有款、彬彬谦和、博闻强识、宽宏得体的男士。在欧美风尚中注入东方想象、融进中国文化气质，是这本中文杂志必须完成的一个功课。

卷首是门帘，是吆喝，是杂志腔调和气质的定星盘。它的视野和格局，直接延伸，影响到一本杂志的品格和肌理。写什么，怎么写，很多时候有一定的表演性。当然，即使是表演，也会携带写作者的个人风格和意趣。

就像杭州读者Leslie所言，“关于时间、自由和生命，那些抽象、模糊的命题”，是《智族GQ》卷首语的母题之一。人生进入中年，已经不容易被一些具体事物所困，世事乱象，日渐明晰，很多人很多事，高与低、成与败、荣与辱，基本都能做到进退有据。但是时间、生死、本原与自我，这样一些原先无力思考、无暇顾及的问题，越来越多地浮上心头。

罗兰巴特说："有些词语不是用来说，是用来住的，就像住在一座城市。"这些语词的城市，既有宏阔蔓延的轮廓，也有精细入微的纹理，像一个巨大的迷宫，足以耗费我们所有情感和心血。慢慢地摸索、穿越，并写下它们，白纸黑字，让每个词、每个句子都饱含我们的由来和去途，映衬我们微不足道的历史，这是件迷人的事。

一本可以轻松阅读的时尚杂志必须谈这些吗？不必须。但是一本杂志，你把它当杂志它就是杂志，你把它当一个生命体，它就是人生。

一直有人问，你的卷首文章为什么从来不问时事，不就具体社会问题争辩和讲道理？道理和是非都是相对和暂时的。这个年代荒诞灵异乱象频出，从中得出一些漂亮的概括很容易，可源于信息的不对称，或角色、智识、性格及利益的不对等或局限，如果深究，那些言之凿凿自以为是的结论大多站不住脚。我尊重每一个发出自己声音的人，在这个言论凋敝的时代，这样的声音不是太多而是远远不够，但这样的议论，90%不说不听也无妨，对你认知这个世界没有根本的影响。

我只信奉一些尽可能长远的东西，如美、自由、善意、人性的欲望和幽暗；身体与性、物质和时间、科技的快和人心的慢；

巨川长河、风霜雨雪、四时花草对人的滋养……我写下它们，告诉你我眼中的世界，告诉你我的在意和珍惜，这就是我觉得生活应有的样子。

人无是非，只论清浊。每个人守着自己的系统，肯定自己，承认或无视他人，这样就好。

写这篇文章的时候，我必须面对一个巨大的窘况：作为一种纸媒体，杂志的命运像夏天的黄昏，黑夜在慢慢降临。行业里几乎每天都有人冲出重围，慨然创业。我像一个打扫战场的老兵，在遍布四周的凉雾里，目送队伍远去，这是七年前杂志创刊时绝没有想到的境况。

可我内心一点儿也不忧伤。《智族GQ》有幸，赶上了中国杂志业最蓬勃发展的十年。接受这个行业的衰落，与当年跟随它一起成长一样，都是我们生命中让人怀想的旅程。

前些日子，一个编辑向我递交辞呈，准备创业。辞职信写得比特稿还长。他在《智族GQ》工作六年，是最优秀的编辑之一。六年前刚到杂志社的时候，还是一个满脸青春痘的大学生，六年的时间，“杂志工作让我变了一个人，改变了我对世界和自己身体的认识，让我比以往任何时候都更加自信和开阔”。

我不能说只有《智族GQ》才能帮助他完成这样的成长，但一本好杂志，拥有纯良的品性和价值观，对一个年轻人格的塑造确实大有裨益。最后有句话很打动我：“我的决定，并不取决于想拥有一份更好的工作，而取决于我希望成为怎样的人。”

这是我最欣赏的品质。人是衡量万物的尺度，是我们任何行为的出发点和归宿。从最早的实习、校对、跟版，到编辑小文章、版块，写报道，做专题，再到尝试数字平台产品、带领小团队、接触管理、规划新媒体格局……很荣幸GQ帮助这个编辑完成了职业生涯的初期成长。在他离开的时候，我看到一些变化和结果，不是所谓成功，而是思想和人格的初现——在我看来，这比把一个公司做上市更重要。拥有过这样优秀的年轻人，我怎么会忧伤?

私下揣度，现在的创业公司，更有可能培养出人的狼性，培养出丛林竞争的胜利者，再难有类似杂志社这样属性的社会单元，给人以从容均衡、自由发展的机会了。

杂志到底是一种什么样的存在?在纸质杂志时代行将结束的时候，我们可以坦然大方地清理一下它的遗产。它没有报纸，网络那样新鲜和速朽，也不像书籍那样艰深沉重，它是对生活全面、均衡、浅尝辄止的观察和考量。在《把物质性和精神性统一在人性之下》里，我简单涉及过这个话题：智识、情怀、懂得美和欲望、强烈的精神性、体面的物质感、更完整的世界观——杂志培养不出这样深刻极端的人——“不偏不倚，无过不及”，它是媒体里面的“中庸主义”者。

在现代社会，这是一份难得的性情遗产。互联网时代，纸质杂志的内容构成和生产方式已然衰落，但杂志这个概念，及其存在方式，会不会凤凰涅槃，重获新生?

和报纸、书籍、网络媒体相比较，杂志是最强调价值观和品牌理念的媒体。这种熔铸在产品血液里的基因，与互联网和商业结合，也许能激发出强大的生产力。

我们已经告别了单媒体时代，杂志不再，但它的物品构成、信息组织方式、制作标准依然存在。与互联网结合，杂志很可能由平面印刷媒体，走向杂物、杂器、杂体、杂商，以集群方式更深刻地影响我们的生活，现在不是已经有实体、电商、印刷一体，以“立体杂志”为标榜的新概念了吗？而它的创建者，正是以往的杂志从业者——他们对社会现实有敏锐的洞悉和认知，生产过品质优异的文字和图片，严谨苛刻地对待每一根线条和色彩，顽强固执地表达自己的思想和理念。作为一种标准，这样的品行会延伸到他们生产的服装、食品、书店、视频、农产品和任何他们可能进入的行业。名堂，世相，一刻，春播，一条，农匠……这些初露端倪的互联网生活方式品牌，其核心力量和理念，都是杂志下的蛋。杂志不再，但杂志的理念、标准和人力资源尚在，我们确实不应该忧伤。

杂志的起落，是这个时代的一个隐喻。它既准确有力、简单有效地构建这个时代的模样，又模糊暧昧，让你体会到没告诉你的更多，它是引导我们认识这个世界的桥梁，但不是世界本身。世界本身更加辽阔。

六七年前，我办公室来了一个小朋友。他来自山西太原，刚刚高中毕业，把《论语》翻成英文，他说看了两年我在《时尚先生》写的卷首语，“影响了我的人生方向”（请原谅这个直接引语），为此高中毕业决定来北京读书，考到中国人民大学。

读了两年，又去英国伦敦读帝国理工，先是读工程，不喜欢，我建议他转到金融。两年前毕业，回国到国家开发银行。上个月告诉我，他已经离开国开行，报名到四川郫县某个乡村做志愿者，帮助当地农村开发农业项目……

去年底我们吃过一次饭，他跟我讲到在国开行的苦恼。同事都是受过很好教育，有家庭背景的孩子，竞争太激烈。我对他说，不要急于加入竞争，竞争难免让你将自己放置于和他人的对比之中，影响自我评定。竞争的标准一定是主流价值体系，如果被其捆绑，受其左右，就会影响你的价值观，应该自觉与主流体系保持理性的距离，在一个更长远和开阔的坐标系里选择自己的道路，这才是自我和自由。

这几年，我感觉自己在一根确定的时间轴上延续，年轻的他已经开始在满世界展开他的人生。我们的交往开始于一篇卷首语，这是不错的缘分。“如果我是神，我希望把青春安排在生命的最后”，《银狐》里为什么有这么一句惊天地泣鬼神的台词呢？也是道出了多少中年如我人生的不甘吧。

原先以为，才华是一个门槛儿；后来懂事点儿，觉得勤奋是一个门槛儿；再往后，当知道自己既没才华，也不够勤奋的时候，发现时间也是一个门槛儿，一件事，你坚守了足够长的时间，总会有所得。这种所得，不在于名利，不在于你到底做出了多大的事，而在于你知道自己所成就的，也知道了自己的本分和局限。“知止而后有定”，这种安定的心，何尝不是一个重要的所得？

现实的、我们正经历着的人生，有时候并不真实，并不代表生命的全部，再轰轰烈烈的剧情，可能也只是表层和碎片。生活在当下的我们，无法掌握事物更全面的关系、更深远的牵连和蕴藏，我们只能在事情过去以后，在远距离的观望中搭桥建梁，找到事物间隐秘的因果和机缘。直到那个时候，真正的生命才以更丰盛、更深沉的方式显现出来——就是乔布斯说的："你无法预知未来的点滴，只能在回顾过往时串起过去的蛛丝马迹，所以你要相信，在未来，你所经历的点点滴滴都会以某种形式串联起来。"

时间是一个巨大的滑坡，坠落是每个人的宿命。人到一定岁数很容易世故，因为已经没有足够的思想力量反省自身，只能在衰老懦弱之中，靠一些技巧和策略来支撑余生。我尊重那些身体滑落内心升腾的人。

物来则应，过去不留，一本书的作用就是关闭过去。人生至此，对我不薄，我们可以安静守候，守候平庸日常的生活，直到萃取一份明亮的精华，看到它闪亮的那一刻，起身、点火、摇晃、蒸发，最后捧出我们想要的晶体——

"愿你出走半生，归来仍是少年。"

这是岁月多么美好的礼物。

王锋

资深媒体人

曾供职于《三联生活周刊》

后任《男士健康》《时尚先生》主编

2008 年至今，任《智族 GQ》编辑总监

愿你道路漫长

产品经理｜应　凡　　装帧设计｜陆骏璇
　　　　　马伯贤　　技术编辑｜顾逸飞
产品策划｜康泰纳仕　执行印制｜梁拥军
　　　　　名　堂　　策 划 人｜吴　畏

图书在版编目(CIP)数据

愿你道路漫长 / 王锋著. -- 杭州 : 浙江文艺出版社, 2016.9（2020.11重印）
ISBN 978-7-5339-4582-4

Ⅰ. ①愿… Ⅱ. ①王… Ⅲ. ①散文集 – 中国 – 当代 Ⅳ. ①I267

中国版本图书馆CIP数据核字(2016)第182231号

责任编辑 金荣良
特约编辑 应 凡
马伯贤
装帧设计 陆骏璇

愿你道路漫长
王锋 著

出 版 浙江文艺出版社
地 址 杭州市体育场路347号 邮编 310006
网 址 www.zjwycbs.cn
经 销 浙江省新华书店集团有限公司
印 刷 河北鹏润印刷有限公司
开 本 890mm × 1280mm 1/32
字 数 150千字
印 张 7.5
印 数 53, 001–58, 000
版 次 2016年9月第1版 2020年11月第7次印刷
书 号 ISBN 978-7-5339-4582-4
定 价 39.80元